Freigeliebt

P. Jones

P. Jones

Freigeliebt

Roman

Bibliografische Information der Deutschen Nationalbibliothek:
Die Deutsche Nationalbibliothek verzeichnet diese Publikation in der
Deutschen Nationalbibliografie; detaillierte bibliografische Daten sind im
Internet über http://dnb.dnb.de abrufbar.

Lektorat: derletzteSchliff
Korrektorat: derletzteSchliff

Herstellung und Verlag: BoD – Books on Demand, Norderstedt

ISBN: 9783757814298

Für die besten Eltern der Welt.

Für meinen geliebten Bruder, der immer die richtigen Worte findet.

Für meinen besten Freund, der für mich Kompass und Rettungsnetz ist.

Ein riesiges Dankeschön an Greta, die dieses Buch lektoriert hat, sowie an Sarah, die das umwerfend schöne Cover entworfen hat.

Vorwort

Freiheit. Liebe. Googelt man diese Begriffe, erhält man unendlich viele unterschiedliche Definitionen. Jeder Mensch definiert Freiheit anders. Genauso ist es mit der Liebe: Manche suchen sie ein Leben lang. Manch einer hat sie bereits gefunden. Und wieder andere haben die Suche danach schon vor langer Zeit aufgegeben. Was haben diese zwei Begriffe miteinander zu tun? Sowohl die Freiheit als auch die Liebe können einen Menschen vor Glück schweben lassen, oder ihn zugrunde richten. Das absolut Schlimmste ist jedoch, keines der beiden Gefühle zu kennen. Wer frei ist, kann lieben. Und wer liebt, ist frei.

Kapitel 1

Es war Samstagnachmittag und ich hatte nichts Besseres zu tun, als völlig antriebslos im Schlabberlook durch meine Wohnung zu schleichen und auf dem Sofa herumzulungern. Ich hatte nicht einmal Lust, mir etwas zu Essen zu machen. Mein Magen erinnerte mich immer wieder laut knurrend daran, dass ich den ganzen Tag noch nichts gegessen hatte. Es war mir egal. Der Hunger war mir egal, genauso wie alles andere. Wie konnte mein Leben bloß derartig aus den Fugen geraten? Wie konnte es passieren, dass ich völlig planlos in meiner kleinen Wohnung saß und nicht mehr zu wissen schien, wie es weitergehen sollte? Dieser Zustand war neu für mich. Ich sah mich in meinem Wohnzimmer um. Aufgeräumt hatte ich schon seit Längerem nicht mehr. Überall lagen Klamotten, ungeöffnete Post und alte Fotos herum. Auch das sah mir überhaupt nicht ähnlich. Mein früheres Ich hätte bei dieser Unordnung die Hände über dem Kopf zusammengeschlagen. Die alte Paula hätte sich keine einzige Sekunde freiwillig in diesem Saustall aufhalten können. Die alte Paula hatte ihr Leben noch vor wenigen Wochen fest im Griff gehabt und schien immer genau zu wissen, was zu tun war. Solange ich denken kann, hatte ich stets einen klaren Plan, wie mein Leben verlaufen sollte. In der Vergangenheit wich ich nie von diesem Plan ab, sondern verfolgte meine Ziele ehrgeizig. Mein Studium hatte ich erfolgreich absolviert und der Einstieg ins Berufsleben gelang mir ebenfalls ohne Probleme. Ich verdiente gut. Meine Kollegen schätzten mich und mein Organisationstalent. Auch mein Privatleben war gut durchgeplant und strukturiert. Sauberkeit und Ordnung in meiner kleinen Zweizimmerwohnung waren mir immer sehr wichtig gewesen. Jeder Wochentag lief gleich ab: Ich stand früh auf und ging ins Fitnessstudio. Danach frühstückte ich auf dem Weg ins Büro, wo ich bis Feierabend blieb. Nach der Arbeit kaufte ich ein oder erledigte andere Kleinigkeiten. Jeden Mittwoch überraschte ich meine Kollegen im Büro mit einem kleinen Gebäck vom Konditor nebenan. Jeden Freitag telefonierte ich mit meinen Eltern, um sie über News aus meinem langweiligen Leben auf dem Laufenden zu halten. Einmal pro Woche tauschte ich mich außerdem mit meinem Bruder Finn aus. Meine Freizeit genoss ich am Wochenende. Da es seit meinem sechzehnten Lebensjahr so gut wie immer einen Mann an meiner Seite gab, verbrachte ich meine Wochenenden meistens mit dem aktuellen Partner.

Die weiteren großen Ziele in meinem Leben, die auch meine Eltern für mich vorgesehen hatten, waren eine Traumhochzeit mit dem perfekten Mann und später eigene Kinder beziehungsweise Enkelkinder. Wenn ich genauer darüber nachdachte, war mir bewusst, dass meine Eltern mein gesamtes Leben bereits geplant hatten. Ich hatte eine sehr behütete Kindheit und eine nicht allzu wilde Jugend gehabt. Auch als ich schon längst volljährig gewesen war, hatte ich doch immerzu versucht, es meinen Eltern recht zu machen. Ich war aufs Gymnasium gegangen und hatte mich durchs Abitur geschlagen. Danach hatte ich studiert, obwohl ich viel lieber eine einfache Ausbildung im Bereich Sport gemacht hätte. Sport war schon immer meine große Leidenschaft gewesen, aber meine Eltern hatten gewollt, dass ich etwas Gesellschaftstaugliches studierte. Ich tat ihnen diesen Gefallen und landet letztendlich in einem großen Bürogebäude vor dem Bildschirm eines Computers. Auf die Idee, dass es nicht meine Lebensträume waren, die ich da verwirklichte, kam ich damals nicht. Es gab auch nie einen Anlass, all das in Frage zu stellen. Bis vor wenigen Wochen hatte dieser Plan noch einwandfrei funktioniert. Bis vor wenigen Wochen war mein Leben noch vollkommen in Ordnung gewesen. Langweilig zwar, aber in Ordnung. Und dann traf ich Amanda.

Kapitel 2

An einem sonnigen, warmen Sonntagmittag hörte ich vor dem Haus das laute Hupen eines Autos. Ich erkannte es sofort. Es war Mister Perfekt, der Mann, den ich seit einiger Zeit datete. Ich schlüpfte schnell in meine

Sneakers, schnappte mir meine kleine Handtasche und lief nach unten, wo er schon auf mich wartete. Die Beifahrertür seines roten Cabrios stand bereits offen und ich stieg schnell ein. „Hallo, schöne Frau", begrüßte er mich charmant und küsste mich auf die Wange. „Hallo! Wie schön, dich zu sehen", antwortete ich und lief dabei leicht rot an. Er hatte mir am Telefon nicht verraten wollen, wohin es gehen sollte. Es würde eine Überraschung sein. Jetzt sah ich ihn neugierig an und fragte: „Verrätst du mir nun endlich, wo es hingeht?" Er lachte bloß. „Paula, du bist wirklich die neugierigste Person, die ich kenne." Ich ließ nicht locker und bohrte weiter, während er sich auf den Verkehr konzentrierte. „Jetzt sag schon, ich möchte es wissen. Was machen wir heute?" Er gab nach, weil er wusste, dass ich nicht aufgeben würde. „Also gut, ich sage es dir. Wir fahren an einen kleinen See. Ich habe ein Picknick vorbereitet, für uns beide. Ich habe alles dabei." Von dieser Idee war ich begeistert. „Oh, das klingt super! Ich freue mich!" Nachdem ich meinen Satz beendet hatte, lächelte er zufrieden. Auf der Fahrt zum See hörten wir Musik und ich genoss den Fahrtwind, der meinen blonden Bob verstrubbelte. Es war wirklich ein wunderschöner Tag. Die Luft roch nach Sonne und Sonnencreme und ab und zu auch nach frisch gemähtem Gras. Wie glücklich ich mich doch schätzen konnte, diesen perfekten Sommertag mit diesem wunderbaren Mann zu verbringen. Unser Picknick war wunderschön. Wir suchten uns ein ruhiges Plätzchen unter einem Baum und breiteten dort eine große Decke aus. Er hatte wirklich an alles gedacht: Es gab frische Erdbeeren, Trauben, süße Wassermelone, Beeren und prickelnden Sekt. Nachdem wir angestoßen hatten, lagen wir beide nebeneinander auf dem Rücken und blickten in die Baumkrone über uns, die sich sanft im Wind hin und her wog. Er flüsterte: „Schließ deine Augen." Ohne zu fragen, warum, schloss ich meine Augen. „Und jetzt hör genau hin. Hörst du das Rauschen der Blätter im Wind?", fragte er. „Ja. Ich kann es hören." Die Augen hielt ich weiterhin geschlossen. „Stell dir vor, es wäre das Rauschen der Wellen am Meer", meinte er mit sanfter Stimme. Es hörte sich tatsächlich an wie das Rauschen von Wellen, die immer wieder auf einen weißen Sandstrand zurollten und dort brachen.

Ich versank in diesem Rauschen und genoss den Moment so sehr, dass ich meine Augen am liebsten nie wieder geöffnet hätte, nur um noch länger an diesem Ort zu sein und dieses Gefühl zu genießen.

Zur gleichen Zeit wartete Amanda ungeduldig schon seit fünfzehn Minuten vor einem Restaurant in der Stadt auf Celine, die sich mal wieder verspätete. Genervt trat sie von einem Fuß auf den anderen und überlegte, ohne sie reinzugehen und sich zu setzen. Amanda hasste Unpünktlichkeit. Auf etwas oder jemanden zu warten empfand sie als Zeitverschwendung, und abgesehen davon war es respektlos, unpünktlich zu sein. Celine hatte ihr lediglich eine kurze WhatsApp-Nachricht geschrieben: „Bin gleich da. Verspäte mich etwas." Sich etwas zu verspäten bedeutete in Celines Augen, dass sie vielleicht fünf Minuten zu spät kommen würde, vielleicht aber auch eine ganze Stunde. „Bestimmt hat sie wieder einen Bad Hair Day oder nicht das richtige Outfit gefunden oder brauchte Ewigkeiten, um sich zu schminken", dachte Amanda. Gerade, als sie sich umdrehen wollte, um allein in das Restaurant zu marschieren, hörte sie Celines Stimme hinter sich: „Sorry, Amanda. Da bin ich." Amanda verkniff sich einen bissigen Kommentar zu ihrem nicht vorhandenen Zeitmanagement und umarmte sie kurz zur Begrüßung. Dann musterte sie Celine und war sich schließlich sehr sicher, dass diese vor ihrem Date Ewigkeiten im Bad verbracht hatte. Sie trug farbigen Lidschatten und hatte auch am Make-Up nicht gespart. Dazu trug sie ein bauchfreies weißes Top und eine enge Jeans. Mit den High Heels, die sie mit Sicherheit zehn Zentimeter größer schummelten, überragte sie Amanda um fast einen ganzen Kopf. Amanda hielt ihr die Tür auf und meinte: „Bitte, nach dir." Celine lächelte sie an und stöckelte an ihr vorbei in das Restaurant, wo sie an einem Tisch am Fenster Platz nahmen. Amanda wählte die Seite, von der aus sie aus dem Fenster sehen und die vorbeilaufenden Menschen beobachten konnte. Kurz nachdem sie Platz genommen hatten, kam auch schon die Bedienung, um ihre Bestellung aufzunehmen. „Wisst ihr schon, was ihr trinken wollt?", fragte die Kellnerin freundlich. Amanda bestellte ein Glas Rotwein und Celine ein Wasser. Als die Bedienung sie wieder allein ließ, bemerkte Celine leise: „Es ist Mittag und du trinkst Wein? Du musst später auch noch fahren." Sie klang etwas vorwurfsvoll. Amanda verdrehte die Augen. „Celine, es ist nur ein einziges

Glas, nicht mehr. Außerdem ist heute Sonntag, das geht in Ordnung. Und der Wein passt super zum Essen." Celine blickte wieder in die Speisekarte und erwiderte nur: „Wenn du meinst." Solche Kommentare nervten Amanda. Sie trank ab und zu ein Glas Wein, aber sie übertrieb es niemals und trank auch nie unter der Woche, wenn sie früh aufstehen und zur Arbeit gehen musste. Was hatte Celine also für ein Problem damit? Nach ein paar Minuten kam die Bedienung zurück und fragte nach der Essenbestellung. Celine antwortete wie üblich: „Ich nehme bitte nur einen Salat. Den mit Hähnchen. Salz, Pfeffer, wenig Öl und etwas Essig." Die Bedienung notierte sich alles eifrig und nickte. Dann blickte sie erwartungsvoll zu Amanda. „Ich hätte gerne das Rumpsteak mit Steinpilzen und Ofenkartoffel. Oh, bitte Medium. Danke." Amanda schmunzelte innerlich über die Bestellung von Celine. Sie waren in einem der besten Restaurants der Stadt und Celine bestellte sich einen Salat. Wieso kasteiten und quälten sich manche Frauen so sehr, nur um ihre schlanke Figur zu halten? Noch nie hatte sie erlebt, dass Celine sich etwas gönnte, weder Eis noch Schokolade oder Kuchen. Sogar beim Sex versuchte sie stets, makellos zu erscheinen. Bei jeder Stellung drapierte sie sich so, dass sie möglichst sexy aussah. Anfangs hatte Amanda das noch irgendwie süß gefunden, aber inzwischen war sie genervt davon. Während des Essens wollte Celine alles über Amandas neue Stelle wissen, die diese in der kommenden Woche antreten würde. „Was genau ändert sich für dich? Freust du dich darauf? Bist du aufgeregt?" „Naja, im Grunde genommen verändert sich nicht wirklich viel für mich, die Aufgaben sind nahezu die gleichen. Ich werde in der gleichen Branche weiterarbeiten, aber mit mehr Verantwortung, da ich ein Team zu führen habe. Das wird auf jeden Fall aufregend. Natürlich bin ich etwas nervös, aber gleichzeitig freue ich mich auch sehr auf diese Chance." Celine hörte ihr aufmerksam zu. „Amanda, du wirst das großartig machen. Da bin ich mir ganz sicher." „Lieb, dass du das sagst, Celine. Ich habe richtig Lust auf diese Herausforderung." Celine nippte an ihrem Wasser, bevor sie das Thema wechselte. „Kann ich dich was fragen? Es geht um uns …" Amanda ahnte schon, worauf das hinauslaufen würde, konnte diesem Gespräch im Moment aber kaum entgehen, also antwortete sie: „Ja, klar." Celine beugte sich etwas weiter vor und schaute ihr tief in die Augen. „Naja, wir treffen uns ja jetzt schon seit einigen

Wochen, und ich fühle mich sehr wohl mit dir. Ich denke, wir passen gut zusammen, Amanda. Und deshalb wollte ich dich fragen … nun, was genau ist das zwischen uns?" Sie klang sehr hoffnungsvoll. Amanda nahm einen großen Schluck von ihrem Wein, denn das hatte sie jetzt wirklich bitter nötig. Sie wählte ihre Worte mit Bedacht. „Es stimmt, was du sagst, Celine. Ich genieße die Dates mit dir, aber ich will derzeit keine feste Beziehung. Das hat nichts mit dir zu tun. Ich möchte mich jetzt erstmal auf meinen neuen Job konzentrieren und mich dort einleben. Was dann aus uns wird, wird sich schon zeigen. Ich hoffe, du verstehst das." Für einen kurzen Augenblick konnte Amanda die Enttäuschung in Celines Gesicht sehen, doch dann fing sie sich wieder und erwiderte verständnisvoll: „In Ordnung. Das verstehe ich. Ich kann warten, bis du bereit bist." Amanda atmete erleichtert aus. „Puh, das ist gerade nochmal gut gegangen", dachte sie bei sich.

Sechshundert Kilometer entfernt stand Paulas Mutter in der Küche und knetete Kuchenteig. Während sie die klebrige Masse immer und immer wieder fest bearbeitete, wanderten ihre Gedanken zu ihrer Tochter und zum letzten Telefonat, das sie geführt hatten. Paula hatte so glücklich geklungen. Sie hatte mit übersprudelnder Begeisterung von dem jungen Mann gesprochen, den sie Mister Perfekt nannte. Er schien wie geschaffen für sie zu sein. Nach ihren Verabredungen rief sie meist an und erzählte, was er sich wieder Romantisches für sie hatte einfallen lassen. Paula war oft begeistert zu Beginn einer Beziehung, doch diese Begeisterung konnte dann genauso schnell wieder nachlassen, wie sie gekommen war. Dieses Mal schien es jedoch anders zu sein. Seit Wochen hörte sie nur noch, wie hinreißend dieser Mann doch war. Sie lächelte, überglücklich bei dem Gedanken, dass Paula vielleicht endlich ihren Traummann gefunden hatte. „Irgendwann findet jeder Topf seinen Deckel", dachte sie insgeheim. Selbst Paula, bei der sie über Jahre hinweg die Befürchtung gehabt hatte, sie wäre eher eine Art „Auflaufform", zu der es nun mal keinen passenden Deckel gab. Es dauerte normalerweise nur wenige Monate, bis ihre Tochter einen Grund fand, um eine Beziehung zu beenden. Sie hatte Paulas Gründe nie ganz nachvollziehen können und irgendwann aufgehört, danach zu fragen. Nach jeder „Mister Perfekt-Geschichte" keimte in ihr die Hoffnung auf, dass das nun endlich der richtige Mann war. Sie wünschte sich so sehr, dass Paula jemanden fand, den sie heiraten wollte und mit dem sie eine eigene Familie gründen konnte. Ihr Sohn Finn, der nur wenige Jahre älter war, war da ganz anders. Um ihn machte sie sich keine Sorgen. Er war bereits seit einigen Jahren in festen Händen und hatte erst vor Kurzem ein Haus gekauft. Er war sesshaft geworden, ganz im Gegensatz zu Paula, die eher das Wesen eines Zugvogels hatte.

Finn wartete an diesem Sonntagabend gespannt auf Paulas Anruf. Er wusste, dass sie heute ein weiteres Überraschungsdate mit Mister Perfekt gehabt hatte. Endlich rief sie an. „Paula! Na endlich! Erzähl mir alles. Was hat er sich dies Mal einfallen lassen, dein Märchenprinz?" Paula musste lachen. Es klang glückselig, warm und herzlich. „Er hat mich in einem Cabrio abgeholt." Finn unterbrach sie: „Natürlich, womit auch sonst." Wieder lachte Paula. „Finn, die Story geht noch weiter. Wir sind dann zu einem kleinen, wunderschönen See außerhalb der Stadt gefahren. Er hat ein Picknick vorbereitet, mit Früchten und Sekt." „Oh, wow. Das klingt super", staunte Finn. „Das war es auch, Finn. Sobald ich die Augen geschlossen habe, fühlte es sich an, als würde ich am Meer liegen. Es war einfach wunderbar", schwärmte Paula. „Und? Habt ihr endlich darüber gesprochen, was das zwischen euch werden soll?", fragte Finn neugierig. Diese Frage stellte er ihr nach jeder Verabredung, und wie immer bekam er auch diesmal wieder die gleiche Antwort von ihr: „Nein, haben wir nicht. Und das ist auch gut so. Ich bin mir noch nicht sicher." Wie so oft auf diesen Satz, erwiderte Finn: „Wie kannst du dir bei so einem tollen Mann nicht sicher sein? Was fehlt dir denn noch?" Doch das wusste Paula selbst nicht.

Kapitel 3

Mein Kollege Bill sprach mich an diesem Morgen laut von der Seite an und wunderte sich ein wenig, dass ich dermaßen zusammenzuckte. „Hey, Paula, hast du einen Geist gesehen?" Ich fühlte mich sofort ertappt, versuchte, nicht rot anzulaufen, und antwortete möglichst beiläufig: „Nein.

Nein, überhaupt nicht. Wie kommst du denn darauf? Aber sag mal ... Wer ist denn die Neue da im Büro?" Dabei zwang ich mich, den Blick schnell wieder abzuwenden, um sie nicht länger auf diese Weise anzustarren. „Ach, das ist die neue Abteilungsleitung. Sie heißt Amanda. Sie macht einen netten Eindruck." Mein Kollege war noch nie ein Mann der vielen Worte gewesen, und in diesem Moment war ich auch sehr dankbar darüber. Bevor sie sich zu uns umdrehen konnte und diese seltsame Szene vor ihrer Bürotür mitbekam, drehte ich mich hastig weg und verschwand in meinem Büro eine Tür weiter. Das war eine wirklich peinliche Szene gewesen, vor Amandas Bürotür. Ich musste unglaublich dämlich aus-gesehen haben, als Bill mich ansprach.

Wie hypnotisiert hatte ich steif dagestanden und diese Frau hinter der Glastür angestarrt. Zurück an meinem Schreibtisch hatte ich eigentlich geplant, diese Exceltabelle noch fertigzustellen, da ich sie heute Vormittag noch einreichen sollte. Stattdessen musste ich mich erst einmal setzen und verbrachte die nächsten Minuten damit, mich über die Reaktion zu wundern, die Amanda in mir ausgelöst hatte. Ich konnte mich nicht erinnern, jemals so auf einen Menschen reagiert zu haben. Klar, man ist von manchen Menschen und ihrem Auftreten mehr gefesselt als von anderen. Manche Personen betreten den Raum und haben so eine starke Aura und Ausstrahlung, dass sich die Stimmung ändert, ohne dass sie auch nur irgendetwas Besonderes machen. Vorhin war es ähnlich. Als ich Amanda das erste Mal durch diese Bürotür sah, kam in mir ein sonderbares Gefühl hoch, das ich nicht zuordnen konnte. Es war mir fremd und irgendwie doch vertraut. Doch mir blieb nicht viel Zeit zu grübeln. Gerade als ich mich wieder halbwegs gefangen hatte, trat Amanda in mein Büro und stellte sich direkt vor meinen Schreibtisch. Sie fixierte mich und sah mich von oben bis unten an, fast so, als würde sie mich abchecken wollen. Unruhig rutschte ich auf meinem Stuhl hin und her. Hatte sie etwa bemerkt, dass ich sie angestarrt hatte? Glücklicherweise begann sie kurz darauf, sich vorzustellen, sodass sich das unsichere, seltsame Gefühl in mir etwas legte. „Hi, ich heiße Amanda. Ich bin die neue Abteilungsleitung. Wir arbeiten in Zukunft zusammen." Ich tat mein Bestes, um nicht zurückzustarren und möglichst wenig von meiner Unsicherheit preiszugeben, also formulierte ich meine Antwort entsprechend kurz. Ich verriet ihr meinen Namen und meinte noch, dass ich mich auf unsere Zusammenarbeit freuen würde, bevor ich meinen Blick wieder auf den Bildschirm meines Computers richtete, um das Gespräch zu beenden. Schließlich musste ich endlich diese Exceltabelle fertig bearbeiten. Offensichtlich deutete sie mein Verhalten richtig, denn sie drehte sich ohne ein weiteres Wort um und wandte sich an meinen Kollegen Bill, der am Schreibtisch mir gegenübersaß. Als sie ein Gespräch mit ihm anfing, hatte ich endlich genug Zeit, sie genauer anzusehen. Verstohlen hielt ich meinen Kopf auf den Bildschirm gerichtet, aber meine Augen schauten darüber hinweg, leicht nach links gerichtet, um sie genauer unter die Lupe nehmen zu können. Bill Gates und Microsoft Excel konnten noch eine Minute warten. Amanda war nicht sehr groß, ich schätzte sie auf höchstens 1.65 Meter. Ihr Körperbau war etwas androgyn, ihre Gesten und Bewegungen sehr maskulin, sehr grob. Sie erinnerten mich an die eines Holzfällers. Weibliche Kurven konnte ich bei ihr keine entdecken, die würden aber auch nicht zu ihr passen. Ihre Haut war leicht gebräunt und die feinen Tattoos an ihren Armen passten wirklich gut zu ihr. Mein Blick blieb immer wieder an ihrem Gesicht hängen. Die Lippen waren voll und weich, und ihre Augen dunkelbraun. Manchmal, wenn das Licht der Neonröhren an der Zimmerdecke auf sie fiel, glitzerten ihre Augen und wurden zu flüssigem Karamell. Es fiel mir wirklich schwer, den Blick davon abzuwenden. Ich vermutete, dass sie jeden Morgen einen Kampf gegen die wilden schwarzen Locken führen musste, die heute streng zu einem Zopf zurückgebunden waren. Sie war schön. Wunderschön. Bei diesem Gedanken fühlte ich, wie ich eine Gänsehaut am ganzen Körper bekam: Da spürte ich dieses Kribbeln das erste Mal. Ich schob das Wort „wunderschön" gedanklich zur Seite und richtete meinen Blick wieder auf den Bildschirm meines Computers. Kurz darauf verließ sie das Büro. Zu gerne hätte ich sie noch länger beobachtet, aber leider wartete die Exceltabelle darauf, endlich zu Ende bearbeitet zu werden. An diesem Tag las ich hochkonzentriert meine E-Mails und tippte beschäftigt auf der Computertastatur herum, stets in der Hoffnung, dass Amanda noch einmal hereinkommen würde. Sie lief ab und zu an unserem Büro vorbei und warf manchmal auch einen Blick hinein, doch mehr geschah an diesem ersten Tag nicht. Ich machte pünktlich Feierabend, verabschiedete mich beim Rausgehen von einigen Kollegen und machte mich auf den Weg nach Hause. Schon auf dem Gehsteig begann eine leise Stimme in meinem Kopf zu flüstern, dass ab heute nichts mehr so sein würde wie zuvor. Jeder Schritt war begleitet von den flüchtigen Erinnerungen an diesen Morgen. Amandas kurze Vorstellung und das Gefühl, das mich seit diesem Moment erfüllte, beschäftigte mich noch den ganzen Tag über und bis spät in die Nacht hinein. Schon in dieser Nacht, nach unserer ersten Begegnung, schlich sich Amanda in meine Träume und sollte von da an nie wieder ganz daraus verschwinden. In meinen Träumen strich ich über ihre weiche, gebräunte, tätowierte Haut und versank im flüssigen Karamell ihrer Augen. Als mich mein Wecker am nächsten Morgen aus dem Schlaf riss, breitete sich in mir große Enttäuschung aus. Zu gerne wäre ich noch länger in meinem Traum gefangen gewesen. Offensichtlich hatte Amanda es sofort geschafft, bis tief in mein Unterbewusstsein einzudringen.

Kaum betrat Amanda an diesem Abend ihre Wohnung, klingelte auch schon ihr Handy. Sie klemmte es zwischen Ohr und Schulter und begann, ihre Unterlagen für den nächsten Arbeitstag zu sortieren, während sie sich am Telefon kurzfasste. „Ich bin erst jetzt nach Hause gekommen, Celine, der erste Tag war echt lang. Ich habe einige meiner Mitarbeiter kennengelernt. Meiner Ansicht nach lief alles super. Ich werde jetzt allerdings auflegen und noch etwas essen." Dann beendete Amanda den Anruf und warf sich auf die kleine Couch in ihrem Wohnzimmer. Es tat ihr fast schon leid, dass sie ihre Freundin so schnell abgewürgt hatte, aber sie brauchte jetzt wirklich etwas Zeit für sich. Eigentlich konnte sie Celine gar nicht ihre Freundin nennen. Die beiden hatten sich schließlich erst ein paar Mal verabredet und lernten sich gerade kennen. Auch wenn Celine viel an Amanda lag, konnte diese sich nicht dazu durchringen, eine ernsthafte Beziehung mit ihr einzugehen. Celine wurde ihr langsam etwas zu anhänglich und ab und zu gar besitzergreifend, was Amanda zögern ließ. Heute hatte Amanda keinen Kopf dafür, sich ihre Probleme anzuhören. Ihre Gedanken waren ganz woanders. Amanda streckte sich auf der winzigen Couch aus und strich sich mit einer Hand über die müden Augen. Was war nur mit ihr los heute? Das Team, mit dem sie in Zukunft zusammenarbeiten würde, schien sehr engagiert zu sein und die ersten Gespräche waren gut verlaufen. Trotzdem war sie irgendwie unruhig. Dieses Gefühl begleitete sie seit ihrem ersten Gespräch mit Paula, das leider nur von kurzer Dauer gewesen war. Gerne hätte Amanda noch viel länger mit ihr gesprochen, doch sie hatte den Eindruck gehabt, als würde sich Paula dabei nicht ganz wohlfühlen. Das hatte Amanda sehr verunsichert. Paulas ganze Erscheinung hatte sie im Grunde genommen verunsichert. Ständig musste sie an diese großen, grünen Augen mit den schwarzen Wimpern denken, und an die niedlichen Sommersprossen auf ihrer Nase. Ihr blondes Haar trug Paula in einem kinnlangen Bob, der ihr wirklich gutstand. Sie hatte beobachtet, wie geschmeidig Paulas Bewegungen waren, wenn sie durchs Büro gegangen war. Die Art, wie sie sich bewegte, stand völlig im Widerspruch zu ihrem schüchternen Charakter. Paula bewegte sich geschmeidig, wie eine Raubkatze. Amandas Neugier war geweckt worden und so hatte sie einen ihrer Mitarbeiter in ein Gespräch verwickelt, wodurch sie einige oberflächliche Details über Paula hatte herausfinden können. Unter anderem hatte sie erfahren, dass Paula seit ungefähr drei Jahren in diesem Unternehmen arbeitete, in der Stadt wohnte und in ihrer Freizeit gerne Sport trieb. Außerdem hatte sie herausgefunden, dass die Frau seit einiger Zeit einen jungen Mann traf. Soweit sie mitbekommen hatte, befanden sich die beiden noch in der Kennenlern-Phase. Amanda hatte bei dieser Nachricht tief durchatmen und sich selbst ermahnen müssen: „Denk an etwas anderes!" Vergeblich. Immer wieder dachte sie an diesem Abend an die großen grünen Augen, die sie im Licht der Neonröhren im Büro fragend angestarrt hatten.

Kapitel 4

Ich versuchte, die restliche Woche so normal wie möglich zu verbringen und nicht weiter über diese verwirrende erste Begegnung mit Amanda nachzudenken. Da ich auch von meinem Laptop aus arbeiten konnte, wechselte ich innerhalb des Gebäudes ab und zu das Büro oder arbeitete sogar von zuhause aus. In manchen Momenten, in denen ich ehrlich zu mir war, gestand ich mir ein, dass ich Amanda insgeheim aus dem Weg ging. Sie machte es mir aber wirklich nicht leicht. Wenn ich vor Ort war, suchte sie oft das Gespräch mit mir und verwickelte mich gerne in Themen über mein Privatleben. Wann immer sie sah, dass ich mich in meinem Schreibtischstuhl streckte, trat sie näher und begann, meine Schultern und meinen Nacken zu massieren. Das wunderbare Gefühl, das meinen Körper dabei durchflutete und sich ausbreitete, verwirrte mich noch mehr. Sie kaschierte alle ihre Berührungen mit einem Witz oder einem lustigen Kommentar, doch die Gefühle, die sie in mir weckte, brachten mich zum Nachdenken. Gedanklich ließ das letzte Jahr Revue passieren: „Es war ein sehr gutes Jahr. Definitiv mein Glücksjahr", überlegte ich. „Ich date einen wundervollen Mann, meinen Mister Perfekt. Es gab bisher noch nie Streit. Er trägt mich auf Händen und wir genießen die Zeit zusammen. Doch nicht nur privat läuft alles wunderbar, ich bin auch mit meinem Job sehr zufrieden. Seit einem Jahr geht es mir wirklich gut." Solche Gedanken hatte ich selten. Die letzten Jahre waren turbulent gewesen, geprägt von vielen kleinen Enttäuschungen, die ich meist aufgrund von anderen Menschen zu spüren bekommen hatte. Ich war einige Male umgezogen, immer auf der Suche nach einem Ort, der mich etwas zur Ruhe würde kommen lassen. Doch es half nichts: Das Muster, das in meinem Leben immer wieder auftrat, wollte sich nicht lösen. Wann immer ich eine Beziehung mit einem Mann einging, wurde ich schon nach wenigen Monaten unzufrieden und unruhig und suchte geradezu nach einem Grund, um sie zu beenden. Sehr zum Missfallen meiner Eltern war dieser immer schnell gefunden. Und auch jetzt, wo alles perfekt lief und ich eigentlich unendlich glücklich sein sollte, fühlte ich mich wie so oft nicht vollkommen erfüllt. Es gab Momente, da war es so, als hätte man mich in einen Käfig gesteckt und als beobachtete ich das Leben gefangen hinter Gitterstäben. Fast so, als spielte nicht ich die Hauptrolle in meinem eigenen Leben, sondern als wäre ich eher der Beobachter, oder als spielte ich nur eine kleine, unwichtige Nebenrolle. Man kennt das aus Filmen: In einem dieser typischen Romanzen wäre ich wohl die beste Freundin der Hauptdarstellerin. Das Vibrieren meines Handys riss mich aus meinen Gedanken. Eine WhatsApp-Nachricht. Die Nummer kannte ich nicht, wohl aber die Person auf dem Profilbild, und so las ich neugierig die Nachricht: „Wir haben heute extra das Büro aufgeräumt und die neue Kaffeemaschine aufgebaut und angeschlossen, also wenn du morgen im Homeoffice bleibst, bin ich wirklich beleidigt. Liebe Grüße, Amanda." Das war eine ganz normale Nachricht. Oder? Ich hatte eigentlich geplant, morgen im Homeoffice zu arbeiten, das war so vorgesehen. Seit Jahren mache ich mir Wochenpläne und weiß immer genau, wann ich wo und mit wem bin und was an den jeweiligen Tagen zu tun ist. Ich mag es eben, einen Plan zu haben, den ich mir selber aufstelle. Ich mag es, von niemandem kontrolliert zu werden. Doch wieso erzeugten solche simplen, normalen Worte plötzlich ein Kribbeln in meinem Bauch? Und wieso ließ ich mir von jemandem, den ich eigentlich gar nicht richtig kannte, auch noch meinen Plan durchkreuzen? Was glaubte sie denn, wer sie war?! Ja, sie war meine neue Chefin, aber wieso sollte ich denn wegen einer neuen Kaffeemaschine morgen extra ins Büro kommen? Ich überlegte wieder und wieder und eigentlich viel zu lange, was ich auf diese Nachricht antworten sollte. Schließlich schrieb ich: „Hi, Amanda, dann sehen wir uns morgen im Büro. Ich freu mich. Liebe Grüße, Paula." Kaum hatte ich auf „senden" gedrückt, schüttelte ich den Kopf, belustigt über mich selbst. „Im Ernst? Ich freu mich? Wieso schreibe ich sowas? Was Amanda jetzt wohl von mir denkt?"

Amanda schmunzelte, als sie Paulas Nachricht las. Sie freute sich? Paula freute sich! Bei dem Gedanken, sie morgen wieder im Büro zu sehen, machte sich ein warmes und wohliges Gefühl in ihrem Bauch breit, doch sie schob es schnell beiseite. Es erschien ihr fehl am Platz. Sie war nicht der Typ Frau, der sich Hals über Kopf irgendwelchen Gefühlen hingab. Amanda behielt immer einen kühlen Kopf, und das war auch gut so. Es fiel ihr leicht, schnell Kontakte zu knüpfen und oberflächliche Freundschaften zu führen, auch bei ihren Mitarbeitern kam sie immer gut an. Aber alles, was über Freundschaft hinaus ging, sah sich Amanda erst einmal aus der Ferne an. Gefühle, besonders in Form von Liebe, entwickelten sich bei ihr für gewöhnlich sehr langsam. Ihr bester Freund verglich sie gerne mit einer Schildkröte. Diese Tiere kamen zwar langsam voran, erreichten aber irgendwann auch ihr Ziel. Und wenn man sie drängte, zogen sie sich einfach in ihren Panzer zurück. „Ja!", dachte Amanda, „das trifft wohl auch auf mich zu." Aus genau diesem Grund fiel es ihr so schwer, sich einzugestehen, dass sie seit Tagen an eine Frau denken musste, die sie kaum kannte und mit der sie erst einige wenige Worte gewechselt hatte. Eine Frau, die noch dazu auf Männer zu stehen schien. Im Grunde genommen reizte es Amanda, heterosexuelle Frauen von sich zu überzeugen und ihnen diese neue Welt zu eröffnen. Sie sah es als eine Herausforderung, als eine Art sportlichen Wettkampf, nicht als Hindernis. Paula nahm sie jedoch mit anderen Augen wahr. Amanda wollte sie kennenlernen und alles über sie erfahren. Diesen Wunsch verspürte sie seit ihrem ersten Arbeitstag im Büro, und er wurde immer stärker. Sie verstand nicht, warum das so war, und gleichzeitig fragte sie sich, was wohl in Paulas Kopf vor sich ging. Der kleinen Funke Hoffnung in ihrer Brust, dass Paula dasselbe von ihr dachte, wollte einfach nicht erlöschen.

Natürlich leistete ich Amandas auffordernder WhatsApp-Nachricht Folge und ließ mich am nächsten Tag wieder im Büro blicken. Als ich das Gebäude betrat, war ich nervös, ohne den Grund dafür zu kennen. Die Nervosität verwandelte sich sofort in kribbelnde Freude, als ich auf dem Weg zu meinem Schreibtisch fast mit Amanda zusammengestoßen wäre, die genau in diesem Moment auf dem Weg nach draußen war. Ihr Gesicht schob sich dicht an meines. Ich konnte spüren, wie sie stoßartig ausatmete, als sie mir mit einem sehr durchdringenden Blick fest in die Augen sah. Was sie in diesem Moment wohl dachte? Diese Frage ging mir auch in den folgenden zwei Tagen nicht mehr aus dem Kopf, ohne dass ich eine Antwort darauf zu finden vermochte. Eine ungewöhnliche Woche verging, obwohl eigentlich gar nichts sonderlich Aufregendes passierte. Irgendetwas hatte Amanda an sich, was das Team regelrecht aufblühen ließ. Nie zuvor hatte ich meine Kollegen so motiviert gesehen. Amanda wirbelte durchs Büro, unterhielt sich mit allen und versprühte eine positive Energie, die mir kein anderer Mensch je zuvor zu vermitteln vermocht hatte. Bereits nach wenigen Tagen hatte sie das Team fest im Griff. Und noch etwas veränderte sich in dieser Woche: Es fiel mir schwer, auch nur einen klaren Gedanken zu fassen. Ich musste mich häufig zusammenreißen, um meine Zerstreutheit zu verbergen. Das war völlig neu für mich, so kannte ich mich gar nicht. Ich konnte irgendwann nicht mehr zählen, wie oft ich eine Kaffeetasse umgestoßen oder meine Kopien irgendwo abgelegt und dann vergessen hatte. Einmal wöchentlich hatte ich immer ein Meeting mit meinem früheren Vorgesetzten gehabt, um Arbeitsabläufe abzustimmen, Deadlines neu zu setzen und ein Update zu geben. Natürlich wollte Amanda diese Tradition fortführen. Zur verabredeten Uhrzeit klopfte ich an ihre Bürotür und wartete dort, bis ihre Stimme zu hören war. „Komm rein." Ich betrat

ihr Büro und wollte gerade ihr gegenüber am Schreibtisch Platz nehmen, als sie meinte: „Nein, Paula, komm ruhig auf meine Seite. So kannst du mit in den Computerbildschirm gucken." Diese Aufforderung überraschte mich und machte mich noch nervöser, als ich es sowieso schon war. Ohne Widerrede stellte ich meinen Stuhl neben sie und setzte mich. Kaum hatte ich mich niedergelassen, zog sie mich ohne hinzusehen samt Stuhl so dicht zu sich heran, dass sich unserer Stühle berührten. Dann lächelte sie mich an, faltete die Hände und sagte: „Dann erzähl mal, wie weit ihr schon seid." Ihre Nähe überforderte mich völlig. Ich starrte sie ein paar Sekunden an und begann dann langsam: „Ähm … ja. Also, ich denke, wir sind wirklich um einiges weiter als letzte Woche. Bill hat gute Arbeit geleistet." Ich deutete auf den Bildschirm des Computers: „Diese Daten sind nicht mehr aktuell." Während ich mich zu konzentrieren versuchte, hämmerte in meinem Kopf die ganze Zeit nur ein Gedanke: „Schau sie nicht an, sonst ist es völlig aus." Amanda hingegen machte auf mich den Eindruck, als würde es sie kein bisschen aus der Fassung bringen, dass ich so dicht bei ihr saß. Sie wirkte selbstsicher, wie immer.

Natürlich hatte Amanda bemerkt, wie nervös Paula in ihrer Anwesenheit wurde. Sie konnte sich ja selbst kaum zusammenreißen und hätte Paula am liebsten auf ihren Schoß gezogen. Wie süß sie doch war! „Amanda, du bist ihre Vorgesetzte. Lass die Finger von ihr. Alles andere gibt nur Ärger", ermahnte sich Amanda innerlich immer wieder. Sie zwang sich, sich auf Paulas Worten zu konzentrieren und ihre Gedanken in Zaum zu halten. Das gelang ihr auch für einige Sekunden, dann schweifte sie wieder ab. Sie beobachtete die Bewegung von Paulas Lippen, wenn sie mit ihr sprach, konnte sehen, wie sich ihr Mund öffnete und wieder schloss, aber der Inhalt der Worte erreichte sie nicht. Irgendwann hörten Paulas Lippen auf, sich zu bewegen. Amanda blinzelte sie etwas verwirrt an. „Entschuldige, Paula. Bei den letzten zwei Sätzen bin ich ausgestiegen. Könntest du das bitte nochmal wiederholen?" Paula lächelte sie überrascht an, bevor sie erwiderte: „Na klar, kein Problem. Ich sagte gerade, dass ..." Und schon war Amanda wieder in ihrer Traumwelt versunken und wünschte sich, dass sich Paulas sinnliche Lippen für immer so bewegen würden. Diese eine Woche war an Amanda nicht spurlos vorbeigegangen. Sie konnte die Energie im Team

spüren und war glücklich darüber, dass alle Teammitglieder sie so akzeptierten, wie sie war, und dass sich die Zusammenarbeit so unkompliziert gestaltete. Sie hatte bislang jeden Abend mit Celine telefoniert und, wie aus einer Gewohnheit heraus, immer nur die Hälfte der Dinge erzählt. Sie hatte von den Witzen berichtet, die ihre Kollegen zum Besten gaben und dabei nur ganz nebenbei ab und an den Namen Paula erwähnt. Vermutlich war das der letzte Versuch, sich nicht komplett von den Gedanken an diese süße und charmante Frau einnehmen zu lassen. Amanda hatte sich schon immer gut verstecken und selbst belügen können, sie war ein Profi darin. Mit ihren dreiunddreißig Jahren hatte sie sich den Großteil ihres Lebens hinter einer Maske versteckt, von der sie sich weigerte, sie abzunehmen. Obwohl sie in der Vergangenheit mit einer Frau zusammengelebt hatte und ihre engsten Freunde wussten, dass sie Frauen liebte, führte sie eine Art Doppelleben. Ihrer Familie würde sie niemals alles offenbaren, da sie auf Abweisung und Entsetzen stoßen würde. Also hatte sie sich eingeredet, dass es so das Beste für alle Beteiligten wäre. Das hieß aber auch, dass sie sich jedes Jahr aufs Neue von ihrer Mutter anhören musste, dass sie doch nun endlich einen Mann finden müsste, den sie heiraten konnte. Auch die Verkupplungsversuche ihres Vaters ignorierte sie inzwischen sehr gekonnt. Ein bisschen von ihrer Freiheit zu opfern, um Problemen und Abweisung zu entgehen, erschien ihr als eine gute Lösung. In stillen Momenten beneidete sie jedoch Menschen wie Paula, die glücklich zu sein schienen und ihr Leben komplett frei gestalten konnten. Wie sich das wohl anfühlte? Wie es wohl war, beim Schlendern durch die Stadt nach der Hand des Seelenverwandten zu greifen, ohne der Angst im Nacken, dabei von jemandem gesehen zu werden? Wie es wohl war, den anderen einfach an sich zu ziehen und zu küssen, ohne sich davor vergewissern zu müssen, dass keine Verwandtschaft in der Nähe war?

Amanda konnte sich diese Dinge nur ganz wage vorstellen. Bei dem Gedanken an so viel Freiheit überkam sie jedes Mal eine innere Aufregung, die sich mit Angst vermischte. Ihr wurde fast übel dabei, so sehr überforderte es sie.

Kapitel 5

Bill stand geduldig wartend vor meinen Schreibtisch, bis ich meine letzte E-Mail zu Ende geschrieben hatte. Kaum hatte ich auf „senden" gedrückt, legte er auch schon los. „Paula ich weiß, dass du das Wochenende eigentlich immer mit deinem Date oder Freund oder was auch immer er ist verbringst, aber vielleicht machst du ja das kommende Wochenende mal eine kleine Ausnahme." Verwirrt schaute ich vom Bildschirm meines Laptops auf und fragte mich, was er vorhatte. „Kommt ganz drauf an, Bill. Nur, wenn ich dafür dann ein Date mit dir habe", antwortete ich und setzte mein zuckersüßestes Lächeln auf. Bill schnaubte und wurde dann schnell wieder ernst. „Nein, Schätzchen. Du hast das Date nicht mit mir, sondern mit Amanda." Mein Lächeln wich einem erschrockenen Gesichtsausdruck. Bill schien das bemerkt zu haben und fügte schnell hinzu: „Natürlich nicht nur du und Amanda. Wir gehen mit dem ganzen Team etwas essen. Am Samstagabend. Amanda lädt uns ein. Klingt doch gut, oder?" Aus irgendeinem Grund fühlte ich mich schon wieder ertappt und mir wurde richtig heiß. Ich wette, mein Kopf hatte nun große Ähnlichkeit mit einer knallroten Tomate. Mist! „Oh … Okay, alles klar", stammelte ich. „Na klar. Ich bin dabei!" Diese Worte kamen schon fester und sicherer aus meinem Mund. Bill ließ sich nichts anmerken. Er freute sich und beschloss sofort, eine WhatsApp-Gruppe für dieses Ereignis zu gründen. Ich ging kurz im Kopf durch, was dieses Wochenende geplant war, und stellte zufrieden fest, dass ich tatsächlich nichts vorhatte. Eilig schnappte ich mir meinen Taschenkalender und trug am Samstag dick und fett „Essen gehen - Team" ein. Dabei fiel mir auf, dass Bill keine Uhrzeit erwähnt hatte. Genervt hob ich den Kopf, um ihn zu fragen, und blickte geradewegs in Amandas braune Augen. „Heilige Scheiße", stieß ich erschrocken aus und spürte, wie mein

Gesicht schon wieder heiß wurde. Amanda hob belustigt eine Augenbraue und schielte auf meinen geöffneten Taschenkalender „Wow. Du bist wirklich die einzige Person, die ich kenne, die heutzutage noch einen Taschenkalender benutzt." Immer noch völlig aus der Bahn geworfen, weil sie so plötzlich vor meinem Schreibtisch gestanden hatte, starrte ich sie einen Moment lang bloß verwundert an. Bevor ich etwas sagen konnte, meinte Amanda leise, fast im Flüsterton: „Samstag um 19:00 Uhr." „Okay, danke. Ich freu mich", antwortete ich etwas lauter. Als hätte Amanda ihre Stimme wieder gefunden, antwortete sie mir fröhlich: „Ich freu mich auch, sehr sogar." Um dieser seltsamen Situation zu entgehen, verkündete ich laut, dass ich dringend auf die Toilette müsste. Während ich mich ebenso ungeschickt an meinem Schreibtisch und an ihr vorbeidrückte, um den Raum zu verlassen, spürte ich, wie sich ihr Blick geradezu in meinen Rücken bohrte. Ein langer und intensiver Blick. Wieder wurde mir heiß und ich beschleunigte meine Schritte.

Zurück an ihrem Schreibtisch lehnte sich Amanda, noch immer elektrisiert vom kurzen Gespräch mit Paula, in ihrem Schreibtischstuhl zurück. Eigentlich war sie ins Büro getreten, um etwas mit Bill zu besprechen, aber der war gerade nicht da gewesen. Als sie Paula so in Gedanken versunken gesehen hatte, hatte sie sich nicht zurückhalten können und sich angeschlichen, um ihr dabei zuzusehen, wie sie eine Notiz in ihren Taschenkalender kritzelte. Freude überkam sie, als sie erkannte, was Paula eintrug. Sie hatte sie nicht erschrecken wollen mit ihrem plötzlichen Erscheinen, aber es fiel ihr wirklich nicht leicht, ihr am Arbeitsplatz oder gar im selben Raum nahe zu sein. Paula ging ihr oft aus dem Weg, ein Moment wie dieser war also selten. Amanda schaute so gerne in diese grünen Augen, sie liebte das melodische Lachen, wenn Bill Paula einen seiner flachen Witze erzählte. Sie mochte sogar den sanften Geruch ihres Deos und des Shampoos, den man aber nur vernahm, wenn man ganz dicht bei ihr stand. Als Paula auf die Toilette flüchtete, denn anders konnte man es wirklich nicht nennen, so abrupt, wie sie den Raum verlassen hatte, konnte Amanda nicht anders, als ihr nachzuschauen. Sie starrte auf Paulas Rücken, wo sich unter ihrem Shirt sanft die Wölbung der Wirbelsäule abzeichnete. Es war nicht zu übersehen, dass sie regelmäßig Sport trieb. Dann glitt ihr Blick weiter hinunter zu ihrem Po. Klein und rund wurde er von Paulas enger Jeans perfekt in Szene gesetzt. Erst, als sich die Bürotür schloss und sie außer Sichtweite war, wandte sich Amanda ab. „Oh mein Gott, reiß dich zusammen!", ermahnte sie sich selbst.

Der Samstag rückte immer näher. Während meine Kollegen sich auf besagten Abend freuten, wurde ich hingegen immer nervöser. Aus irgendeinem Grund fühlte ich mich wie vor einem ersten Date. Obwohl ich nie besonders eitel war, was mein Aussehen anging, war es mir an diesem Abend unglaublich wichtig, gut auszusehen. Ich wollte unbedingt gefallen. Ich wollte Amanda gefallen. Am Samstagmittag, nachdem ich den gesamten Bestand meines Kleiderschrankes geprüft hatte und der Großteil meiner Klamotten auf dem Boden meines Schlafzimmers verstreut war, stand mein Outfit endlich fest. Nun legte sich auch meine Nervosität etwas. Exakt drei Minuten vor der verabredeten Zeit ging ich schließlich auf das Restaurant zu. Mit den Augen suchte ich den Eingang des Restaurants ab, konnte aber noch keinen meiner Arbeitskollegen sehen. Als ich langsam darauf zuging, entdeckte ich jedoch Amanda, die an der Wand neben dem Eingang lehnte und zu warten schien. Sie trug ein schwarzes Herrenhemd und eine lässige schwarze Jeans. Ihr Outfit war einfach gehalten, aber es stand ihr hervorragend. Die schwarzen Locken, die sie an diesem Abend endlich offen zeigte, ließen sie wild und ungezähmt wirken. Als sie mich sah, ging sie mir mit drei großen Schritten entgegen und drückte mich kurz und fest. Die Begrüßung verlief ganz normal und zu meiner Überraschung bekam ich sogar einige Worte heraus. „Wollen wir uns schon mal an den Tisch setzen, bis die anderen kommen?", fragte Amanda vorsichtig. Ich war einverstanden und nickte. Die freundliche Bedienung führte uns an einen riesigen Gruppentisch in der hintersten Ecke des Restaurants, an dem wir beide Platz nahmen. Da der Tisch so lang war, setzen wir uns in die Mitte, Amanda nahm direkt gegenüber von mir Platz. Kurz, etwa fünf Sekunden lang, fixierten mich ihre braunen Augen, bevor sie das Gespräch begann. Wir plauderten ein paar Minuten lang über völlig unbedeutsames, oberflächliches Zeug wie das Wetter, die sommerlich warmen Temperaturen und die Arbeit. Als die Bedienung mit zwei großen Gläsern Rotwein an unseren Tisch kam, verstummte unser Gespräch für einen

Moment. Immer noch zu zweit an diesem riesigen Tisch, hoben wir die Gläser und stießen miteinander an. Ich nippte gerade an meinem Wein und nahm einen kleinen Schluck, als Amanda das Gespräch wieder aufnahm. „Hattest du schon mal was mit einer Frau? Triffst du dich im Moment mit jemandem?" Wow. Mit diesen Fragen hatte ich nun wirklich nicht gerechnet. Ich war so überrascht, dass ich mich an meinem Wein verschluckte und ein paar Mal heftig husten musste. Amandas Augenbraue schoss nach oben, aber sie wandte den Blick nicht von mir ab. Schnell hatte ich mich wieder im Griff und beschloss, möglichst cool zu bleiben. Es ärgerte mich, dass sie mich ständig so aus der Fassung brachte. „Ich war immer mit Männern zusammen", antwortete ich. Gerade als sie sich über den Tisch beugte, um mir darauf zu antworten, erklang Bills laute Stimme hinter mir. Amanda zuckte augenblicklich zurück, während ich steif aufstand, um Bill mit einer Umarmung zu begrüßen. Hinter ihm standen meine acht weiteren Arbeitskollegen. „Ihr wolltet doch nicht etwa ohne uns anfangen zu trinken?", scherzte er, während sich die anderen zu uns an den Tisch setzten. „Ist doch nicht unsere Schuld, dass ihr nicht einmal im Leben pünktlich sein könnt", erwiderte ich mit gespielter Empörung. Daraufhin drückte er nur meine Schulter und erwiderte, dass drei Minuten nach der verabredeten Zeit noch lange keine Verspätung sei. Etwas verwundert über seinen Kommentar warf ich einen Blick auf den Bildschirm meines Handys. Es war 19:33 Uhr.

Amanda warf immer wieder einen Blick auf Paula. Während jeder seinen Platz fand, bemerkte sie Paulas verwunderten Blick auf ihr Handy. Ob sie realisiert hatte, dass sie eine halbe Stunde früher herbestellt worden war als ihre Arbeitskollegen? Amanda wusste nicht, was in ihrem Kopf vorging. Sie war etwas verärgert darüber, dass die anderen ihr Gespräch unterbrochen hatten, gerade als es spannend geworden war. Amanda hätte noch so viel mehr Fragen gehabt, die sie Paula hatte stellen wollen. Am Tisch wurde es nach und nach immer lauter und die Gespräche immer angeregter. Für einen kurzen Moment spürte sie unter dem Tisch Paulas Bein an ihrem. Sie wusste nicht, ob es Zufall oder Absicht war, aber sie zog ihr Bein nicht weg. Vielleicht lag es am Wein, aber sie konnte ihren Blick nicht mehr von Paula abwenden. Sie sah so hübsch aus an diesem Abend. Paula sah eigentlich immer hübsch aus, aber an diesem Abend, in diesem Moment, da war es anders. Sie trug eine grüne, leichte Sommerbluse, die die Farbe ihrer Augen hervorhob. Dazu eine dunkle enge Jeans, die ihre ohnehin schon langen Beine noch länger erscheinen ließ und ihren knackigen Po noch fester. Amanda selbst mochte kein Make-Up und trug auch keines. Paula schminkte ihre Augen dezent, der Lidstrich ließ ihre Augen geheimnisvoll wirken. Ihre Wangen sahen frisch aus, etwas gerötet. Das kam vermutlich vom Rotwein, der auch ihre Lippen leicht rötlich gefärbt hatte. Als würde ihr Anblick nicht schon genügen, hatte Amanda das Gefühl, dass Paula ihr mit Gesten kleine geheime Nachrichten sendete. Als die Gespräche um sie herum beispielsweise ohrenbetäubend laut wurden, saß Paula ganz still da, sah sie tief und lange an und ließ dann ihren zarten kleinen Zeigefinger über den Rand ihres Weinglases kreisen, immer und immer wieder. Wieso tat sie das? Amanda stand so schnell auf, dass ihr Stuhl fast nach hinten umfiel, und entschuldigte sich, um auf die Toilette zu flüchten. „Wieso ist mir nur so heiß? Oh Gott!" Diese Frage stellte Amanda auf der Toilette des Restaurants ihrem eigenen Spiegelbild, das sie verärgert betrachtete. Sie ließ kühles Wasser über ihre Handgelenke laufen und schaufelte sich eine Hand voll Wasser ins Gesicht, um der aufsteigenden Hitze entgegenzuwirken. Fünf tiefe Atemzüge später ging sie schnell wieder zurück zum Tisch.

Als Amanda wieder Platz nahm, glühten ihre Wangen. Ich fragte sie, ob alles in Ordnung war, vermutete jedoch, dass sie einfach ein Glas Wein zu viel getrunken hatte. Niemand sonst hatte bemerkt, dass sie weggewesen war, so sehr waren alle auf ihr Essen konzentriert oder ins Gespräch vertieft. Amanda schien darüber erleichtert zu sein. Ich bemühte mich, meinen Kollegen Aufmerksamkeit zu schenken, obwohl mir so viele Fragen an Amanda auf der Zunge brannten. Ich wollte sie kennenlernen. War das meine Neugier oder war es etwas ganz anderes? Noch nie zuvor hatte ein Mensch meine Aufmerksamkeit so sehr eingefangen und mich mit seiner bloßen Erscheinung dermaßen gefesselt.

Kapitel 6

Da alle meine Kollegen in der Stadt wohnten, machten wir uns gemeinsam zu Fuß auf den kurzen Heimweg. Die Stimmung war immer noch ausgelassen, während wir alle Kollegen nach und nach zuhause absetzten. Zuletzt waren nur noch Bill, Amanda und ich übrig. Auf einmal blieb Amanda vor einem alten Mehrfamilienhaus stehen, zeigte nach oben und meinte: „Hier wohne ich. Ich muss mich von euch verabschieden." Sie umarmte erst Bill und dann mich, wobei sie mich fest an sich drückte. „Habt ihr es noch weit?", fragte sie, und ich wusste, ihre Frage war eindeutig an mich gerichtet. „Oh, nein. Ich wohne nur fünfhundert Meter von hier entfernt, und Bill braucht auch nur zehn Minuten bis nach Hause." Wieder zog sie zur Antwort eine Augenbraue hoch. Dann drehte sie sich mit einem „Gute Nacht" schnell um und verschwand im Hauseingang. Bill brachte mich bis zur Haustür und verabschiedete sich dort von mir. Ich stieg in den kleinen Aufzug und lehnte meinen Rücken an die kühle Wand. Für eine Sekunde schloss ich die Augen und versuchte, dieses Gefühl in meinem Bauch einzuordnen. Glück. So fühlte sich wohl Glück an. Ob sich Amanda in diesem Moment genauso fühlte?

Amanda schloss ihre Wohnungstür auf und schmiss ihre Tasche in die Ecke des Flurs. Mit einer schnellen Bewegung kickte sie die Schuhe von ihren Füßen und lief ins Bad. Dort stützte sie die Hände auf das Waschbecken und betrachtet sich im Spiegel. „Fünfhundert Meter. Nur fünfhundert Meter." Belustigt schüttelte sie den Kopf, doch gedanklich war sie sehr unruhig. Seit Tagen quälten sie ihre Gefühle: Verlangen und Anziehung. Aus irgendeinem Grund zog Paula sie so stark an, dass es ihr schwer fiel, sich noch weiter dagegen zu wehren. Den ganzen Abend hatte sie unaufhörlich daran gedacht, wie es wohl wäre, sie zu küssen, sie zu packen und an sich zu ziehen. Wie sich wohl ihre Haut anfühlte und ihr schlanker Körper? Amanda war immer diejenige, die in einer Beziehung die Kontrolle behielt. Sie handelte niemals kopflos oder gab zu viel von ihren Gefühlen preis. In der Vergangenheit hatte immer sie bestimmt, in welchem Tempo und wie weit etwas voranging. Paula schmiss jedoch alles über den Haufen. Alle ihre Regeln, ihre Schutzmauer und ihre Gefühle. Sie schnaubte verärgert.

Als ich an diesem Abend im Bett lag, war ich hellwach und starrte die dunkle Zimmerdecke an. Erst eine WhatsApp-Nachricht katapultierte mich wieder ins Hier und Jetzt zurück. Die Nachricht war von Amanda. Mit nervös zitternden Fingern öffnete ich den Chat. Eine sehr lange Nachricht, nein, eher ein Geständnis erwartete mich. „Hey, Paula. Sorry, dass ich dich so spät noch zutexte. Ich sollte das eigentlich nicht tun, das ist mir absolut klar und vielleicht denkst du nach dieser Nachricht, dass ich vollkommen verrückt bin. Aber ich muss es dir einfach sagen. Ich fühle mich so sehr von dir angezogen, dass es schon fast wehtut. Den ganzen Abend habe ich nur darüber nachgedacht, wie es wäre, dich zu küssen. Vielleicht ist es lächerlich und ich habe mich hier in etwas verrannt, aber vielleicht auch nicht. Was denkst du darüber?" Was ich darüber dachte? Ich überlegte einen Moment. Der richtige beziehungsweise vernünftige Weg wäre, zu sagen, dass sie sich in etwas verrannt hatte. Doch es wäre nicht die Wahrheit. Ich fühlte das Gleiche wie sie, und ich konnte jedes einzelne Wort, das da in diesem „Geständnis" stand, nachfühlen. Meine Finger flogen über die Tastatur meines Handys: „Hi, Amanda. Ich bin sowieso noch wach, kann nicht schlafen. Du hast dich nicht in etwas verrannt, und du fantasierst auch nicht. Ich spüre diese Anziehung auch." Ich erzählte ihr nicht, dass ich ebenfalls den ganzen Abend auf ihren Mund gestarrt hatte, mit dem Gedanken, wie schön es doch wäre, sie zu küssen. Es dauerte nur wenige Sekunden, bis sie antwortete. Wir schrieben noch stundenlang und schickten einander sogar Sprachnachrichten bis drei Uhr nachts. Irgendwann fielen mir die Augen zu, aber bis dahin hatte ich vieles über diese kleine, schöne Frau erfahren, die seit einer Woche meine Gedanken beherrschte.

Ein Gefühl von Erleichterung und Glück überrollte Amanda, als sie Paulas Antwort auf ihr „Geständnis" las. Dann hatte sie Paulas Gesten und Blicke doch richtig gedeutet. Eine Sekunde später packten sie jedoch wieder Zweifel: „Und jetzt? Wie soll das jetzt weitergehen?" Im Laufe des Gesprächs verwarf sie diese Fragen wieder. Es stellte sich heraus, dass sich hinter Paulas süßem Gesicht noch viel, viel mehr verbarg. Sie war intelligent und witzig, sehr witzig sogar. Sie nahm sich selbst und das Leben nicht allzu ernst. Gleichzeitig versuchte sie immerzu, Verständnis für andere Menschen aufzubringen. Sie war eine hervorragende Zuhörerin und zeigte ehrliches Interesse. Amanda gefiel alles, was sie an diesem Abend über Paula las und hörte. Dieser kleine Moment, in dem Amanda mutig gewesen war und sich nicht gefürchtet hatte, ihre Gefühle und Gedanken zu offenbaren, war so viel Wert gewesen. Es dauerte nicht lange und Amanda schlief mit diesem warmen, hoffnungsvollen Gefühl ein. In dieser Nacht besuchte Paula sie in ihren Träumen. Es war ein seltsamer Traum. Amanda konnte ihr Gesicht ganz klar erkennen und ihre großen, grünen Augen schienen sie mit Blicken zu verschlingen. Aber jedes Mal, wenn Amanda im Traum versuchte, Paula zu berühren und ihre Hand nach ihr ausstreckte, verschwamm das Bild. Immer und immer wieder versuchte sie, Paulas Hand zu greifen. Sogar im Traum konnte Amanda die Sehnsucht spüren, die sie dabei erfüllte.

Kapitel 7

Der Morgen nach diesem seltsam wunderbaren Wochenende fühlte sich nicht an wie ein typischer Montagmorgen, eher viel leichter und trotzdem aufregend. Amanda ging in der Regel immer gerne ins Büro. Sie liebte ihren Job, auch die Aufregung und den Stress, den er manchmal mit sich brachte. Herausforderungen nahm sie immer an und stürzte sich geradezu darauf. An diesem Montagmorgen fühlte sie allerdings eine andere Art von Freude, die ihren Bauch unruhig kribbeln und ihre Knie ein bisschen weich werden ließ. Während sie sich hastig anzog, dachte sie an das lange, intensive nächtliche Gespräch mit Paula. Ob dieses Gespräch alles verändert hatte? Und wenn ja, was genau? Wie würde es jetzt sein zwischen ihnen beiden? Ein leiser Zweifel schlich sich in ihre Gedanken: „Was, wenn es alles zum Negativen verändern würde? Vielleicht war ich Paula gegenüber doch zu ehrlich." Sie schloss die Wohnungstür hinter sich, hob den Kopf und reckte entschlossen ihr Kinn nach vorne. „Nein!", sagte sie zu sich selbst. „Du hast gut daran getan, ehrlich zu sein! Ganz egal, was jetzt passieren wird."

Bill und ich waren an diesem Morgen die ersten im Büro. Er kam immer früh, um eher nach Hause zu können, und nicht, so wie er behauptete, auf dem Heimweg im Berufsverkehr festzustecken. Er verbarg seine Überraschung über mein überpünktliches Erscheinen an diesem Montagmorgen kein bisschen. „Was ist denn mit dir los, Paula? Hat dich die senile Bettflucht erwischt oder was? Du bist doch sonst nie so früh hier", gab er von sich und ließ auch gleich eine Anweisung folgen: „Du kannst dich aber schon mal nützlich machen und Druckerpapier aus dem Lager holen. Ist nämlich leer." Eigentlich hatte ich mit einer solchen Bemerkung gerechnet, war aber trotzdem nicht darauf vorbereitet. Ungeschickt murmelte ich etwas wie: „Der frühe Vogel und so ... Ich war noch ... Ich muss heute ... Bis später." Bill blickte mir fragend hinterher, während ich in der Kaffeeküche verschwand. „Total unauffällig!", flüsterte ich und verdrehte die Augen über meine dumme Antwort. Wenn ich mich schon gegenüber Bill so anstellte und mich komplett von der immer weiter steigenden Aufregung kontrollieren ließ, wie würde ich dann erst auf Amanda reagieren? Am liebsten hätte ich mir einmal fest ins Gesicht geschlagen. Ich hasste das Gefühl, mich nicht im Griff zu haben. Ich hatte sogar den täglichen Frühsport ausfallen lassen. Das tat ich sonst wirklich nie, für niemanden, niemals. Schnell nahm ich mir meinen Kaffee und beschloss, heute wieder das Büro eine Etage höher in Beschlag zu nehmen. „Ich werde dort oben bleiben, bis sich meine Nerven wieder etwas beruhigt haben. Und meine Gedanken. Und mein ... Herz." Diese Idee erschien mir sinnvoll. Ich mochte diesen Büroraum. Er war etwas abgeschieden von den restlichen Büros und er war so klein, dass nur ein Schreibtisch und zwei Stühle hineinpassten. Die Tür, die man auch abschließen konnte, war zusätzlich foliert, sodass man von außen nicht hineinsehen konnte. Der perfekte Ort, um meine Gedanken etwas zu sortieren. Nachdem ich meinen Laptop auf dem kleinen Einzelschreibtisch gestellt und ihn hochgefahren hatte, nahm ich einen Schluck von meinem Kaffee. Mit beiden Händen umfasste ich die warme Tasse und schloss für einen Moment die Augen. Sofort wanderten meine Gedanken zum letzten Wochenende zurück und zu dem langen nächtlichen Gespräch mit Amanda. Noch nie zuvor in meinem Leben hatte ich ein so ehrliches Gespräch mit jemandem geführt. Wieso fühlte es sich so an, als würden wir uns schon seit vielen Jahren kennen? Noch nie zuvor hatte ich so eine Vertrautheit gespürt wie in dieser Nacht mit Amanda. Vielleicht hatte mich das dazu gebracht, nahezu alles über mich zu verraten. So persönliche Dinge wusste kaum jemand von mir. In jener Nacht hatten wir festgestellt, dass wir viele Gemeinsamkeiten hatten. In vielen Dingen waren wir uns sofort einig gewesen und hatten die gleichen Ansichten. Amanda hatte alles über mich wissen wollen und viele Fragen gestellt, von denen ich ihr nicht jede hatte beantworten können. Nicht, dass ich es nicht gewollte hätte, zu diesem Zeitpunkt wusste ich schlicht und einfach die Antwort darauf noch nicht. „Stehst du auf Frauen? Hast du dich jemals zuvor von einer anderen Frau so angezogen gefühlt? Warum bist du nie auf die Idee gekommen, mal eine Frau zu daten, wenn es mit den Männern nicht geklappt hat? Wieso ist jede Beziehung, die du mit Männern hattest, irgendwann zerbrochen?" Diese Fragen konnte ich nicht einfach so beantworten, ich musste erst darüber nachdenken. Diese simplen Fragen lösten seltsame Gefühle in mir aus, die ich in jener Nacht nicht weiter hatte ergründen wollen. Mir war aber absolut klar, dass ich eines Tages nicht drumherum kommen würde, mich meinen Antworten zu stellen. Ich öffnete mein E-Mail-Postfach und begann, meine Mails zu checken. Schließlich war ich hergekommen, um zu arbeiten, und nicht, um meinen verliebten Gedanken hinterherzuhängen.

Das Erste, was Amanda an diesem Montagmorgen bemerkte, war die kleine Jeansjacke, die bei ihrer Ankunft im Büro schon in der Garderobe hing. Sie wusste sofort, dass es Paulas Jacke war. „Bill?", rief sie etwas lauter als beabsichtigt. „Ja, guten Morgen!", antwortete der aus seinem Büro. „Ist Paula schon da?", fragte Amanda, dieses Mal in gemäßigter Lautstärke, und steckte den Kopf zur Bürotür herein. „Ja, ist sie. Ich habe mich auch schon gewundert, dass sie so früh gekommen ist heute. Sie ist oben, glaube ich", erklärte Bill. „Oben? Wieso das denn?", fragte Amanda mit hochgezogener Augenbraue. Die Schultern zuckend erwiderte Bill: „Keine Ahnung. Der frühe Vogel oder so. Ich weiß es nicht." Dann drehte er sich wieder dem Papierstapel auf seinem Schreibtisch zu und ließ Amanda verwundert in der Tür stehen. Diese zog ihr Handy aus der Hosentasche und schrieb Paula eine kurze Nachricht. Bevor sie jedoch auf „senden" drückte, fiel ihr auf, wie lächerlich das war, wo sie sich doch im gleichen Gebäude befanden.

Trotzdem wollte sie erst einmal die Lage abchecken, und der beste Weg war eben eine unverfängliche Nachricht.

„Wo bist du?", hatte Amanda geschrieben. Ich musste schmunzeln. „Wo soll ich schon sein? Im Büro natürlich", tippte ich. „Komm runter!", antwortete sie etwa eine Sekunde später. Aus irgendeinem Grund begann es in meinem Bauch zu kribbeln, als ich ihre kurze Nachricht las, die eher einem Befehl glich. „Nö. Komm du doch hoch." Das war meine letzte Nachricht, bevor eine Minute später die Tür zu dem winzigen Büro aufflog. Amanda trat ein und schloss schnell die Tür hinter sich. Sie stemmte die Hände in die Hüften und bemerkte: „Du bist ganz schön frech heute. Wieso versteckst du dich hier oben?" Ihr Schimpfen konnte ich gar nicht ernst nehmen, denn bereits während sie die Worte sagte, huschte ein Lächeln über ihr Gesicht und ihre braunen Augen blitzen auf. „Dann wäre es ein sehr schlechtes Versteck. Du hast mich schon nach einer Minute gefunden." Meine Antwort schien sie noch mehr zu belustigen. Ich wusste selbst nicht, woher ich die Worte in diesem Moment nahm. Meine Knie fühlten sich weich an und mein Herz schlug so laut in meinem Brustkorb, dass ich Angst hatte, sie könnte es hören. Die elektrisierende Spannung, die in diesem Moment im Raum lag, war geradezu mit Händen greifbar. Mein Atem ging schneller, wann immer sie mich ansah. Mit zwei großen Schritten lief sie um den Schreibtisch herum und stand innerhalb von Sekunden dicht neben meinem Stuhl. Sofort drehte sie mit einer schnellen Handbewegung meinen Bürostuhl zu sich, beugte sich zu mir herunter und drückte mir einen Kuss auf die Lippen. Darauf war ich nicht vorbereitet gewesen und zuckte erschrocken zurück. Vor Schreck presste ich meine Lippen fest aufeinander. Amanda zog sich auf die andere Seite des Schreibtisches zurück und sah mich einen Moment lang an. „Fuck", entfuhr es ihr dann. „Entschuldige, Paula, ich dachte, das wäre in Ordnung. Ich wollte dich nicht überrumpeln." Und dann drehte sie sich auch schon um und lief so schnell aus dem Büro, dass ich nicht mehr darauf reagieren konnte.

Amanda rannte fast die Stufen der Steintreppe in ihr Büro zurück. Ihr Herz klopfte wild und ihr stand die Schamesröte im Gesicht. Was hatte sie sich bloß dabei gedacht? Eine Frau, die sie kaum kannte, einfach so zu küssen! Noch dazu am Arbeitsplatz! Paula war kein bisschen darauf vorbereitet gewesen. Amanda wollte vor Scham im Boden versinken. Auch sie hatte diesen Moment nicht geplant, es hatte sie einfach überkommen. Diese grünen Augen, die sie so süß angesehen hatten, und dieser Mund, der immerzu lächelte. Diese Grübchen um Paulas Mundwinkel … Amanda stützte die Hände auf ihrem Schreibtisch ab und versuchte, ihren Atem wieder unter Kontrolle zu bekommen.

Als Amanda davonstürmte, ließ sie mich sprachlos auf meinem Schreibtischstuhl zurück. Mit meinen Fingerspitzen strich ich über meine Lippen und fragte mich, ob das gerade wirklich passiert war. Total überrascht von Amandas Lippen auf meinen, hatte ich ihren Kuss nicht erwidern oder überhaupt in irgendeiner Weise reagieren können. Ich atmete laut aus und bemerkte dadurch erst, dass ich die Luft angehalten hatte. Ich ärgerte mich über die Chance, die ich gerade verpasst hatte. Die Chance auf einen richtigen Kuss. „Ich möchte sie nochmal küssen, und zwar richtig. Ich möchte diese weichen Lippen küssen." Diese Gedanken wurden in der nächsten halben Stunde so laut in meinem Kopf, dass ich sie nicht mehr ignorieren konnte. So schnell, wie Amanda verschwunden war, würde sie sich heute mit Sicherheit nicht mehr freiwillig bei mir im Büro zeigen. Ich überlegte, wie ich es anstellen konnte, noch einmal einen kurzen Moment mit ihr allein zu sein. Auf dem Weg ins untere Stockwerk zurück zu Bill und Amanda kam mir eine Idee. Bill benötigte mit Sicherheit immer noch neues Druckerpapier aus unserem Lager, das nur zwei Stockwerke tiefer lag als unsere Büros. Also steckte ich den Kopf zu Amandas Bürotür hinein und meinte mit einem bittenden Unterton in der Stimme: „Hi. Könntest du mir helfen, zwei Kartons Druckerpapier aus dem Lager zu holen? Bill flippt bald noch aus, wenn er keines bekommt. Er hat mich schon heute früh darum gebeten." Sie sah mich kurz fragend an, deshalb fügte ich schnell hinzu: „Allein kann ich nicht so viel tragen." Jetzt setzte sie sich langsam in Bewegung. „Okay", erwiderte sie schließlich und stand auf, um mir schweigend durch das Treppenhaus nach unten zu folgen.

In dem kleinen dunklen Raum angekommen, tastete Amanda nach dem Lichtschalter an der Wand. Erwartungsvoll kniff sie die Augen zusammen, als sie ihn endlich fand und ein leises Klicken zu hören war. Eine einzelne kleine Glühbirne, die lieblos an der Decke des Raums befestigt war, begann schwach zu leuchten. „Wow", flüsterte Amanda. „Ist das alles an Licht?" Der Raum war nicht besonders groß und fast bis zur Decke vollgestopft mit verschiedenem Bürokram. Hinter sich hörte sie, wie Paula die Tür schloss und dicht hinter sie trat. Paula legte sanft eine Hand auf ihre Schulter. Amanda zuckte kurz zusammen, drehte sich dann langsam um und konnte nicht anders, als ihr direkt in die Augen zu sehen. Dieses Mal wich Paula nicht zurück, sondern hatte ihren Blick fest auf sie gerichtet. „Schließ deine Augen", forderte Paula. Amanda zögerte keine Sekunde lang und ließ diesen Augenblick einfach geschehen. Diesen Augenblick, in dem sie Paulas Atem dicht an ihrem Gesicht spürte und im nächsten Moment ihre weichen Lippen, die sich diesmal so viel sanfter auf ihre legten. Amanda umschloss ihre Lippen und zog Paulas festen Oberkörper dicht an sich heran. Der Kuss dauerte nur ein paar Sekunden, aber für Amanda war es das Kostbarste überhaupt.

Mit Sicherheit gab es romantischere Orte für einen ersten richtigen Kuss als diese kleine, erbärmliche, dunkle Abstellkammer, doch in diesem Moment war mir das vollkommen egal. Amanda zu küssen war tausendmal besser, als ich es mir jemals hätte vorstellen können. Ich wollte in ihr versinken, in diesen weichen, warmen, vollen Lippen, die all die Gefühle in mir fast explodieren ließen. Ihr Hände auf meinem Rücken fühlten sich so gut an. Wie konnten sich Hände bloß so gut anfühlen? Es war doch nur ein Körperteil. Als wir uns voneinander lösten, sahen wir uns etwas überrascht und verwundert an. Keiner von uns beiden hatte wohl damit gerechnet, dass ein Kuss so explosiv sein konnte. Amanda hielt mein Gesicht sanft in ihren Händen und flüsterte leise: „Lass uns das Papier holen und wieder nach oben gehen, bevor Bill merkt, dass wir weg sind." Ich nickte und hob einen Karton auf, den ich ihr in die Arme drückte, dann machten wir uns auf den Weg zurück in die Büroräume.

Amanda grinste Paula auf dem Weg zurück ein paar Mal verschmitzt an und konnte kaum glauben, dass Paula das gerade wirklich getan hatte. Hinter ihren niedlichen Sommersprossen und den unschuldigen großen Augen schien sich eine mutige Frau zu verstecken. Eine Frau, die sie in einen dunklen Kellerraum gelockt hatte, um ihr dort den Kopf zu verdrehen.

Denn genau das hatte Paula an diesem Tag getan: sie hatte Amanda um den Verstand gebracht.

Kapitel 8

Dieser Kuss und die Begegnung mit Amanda hatten mich berührt. Ich war immer der festen Überzeugung gewesen, dass ich mich selbst in und auswendig kennen würde. Seit der ersten Begegnung mit Amanda schwankte mein Selbstbild jedoch heftig und ich zwang mich, diesem Gefühl auf den Grund zu gehen. Die letzten zehn Jahre habe ich fast ausschließlich für meinen Job oder ein wichtiges Studium gelebt. Meine berufliche Karriere und ein guter Studienabschluss standen immer im Mittelpunkt. Natürlich waren das auch meine eigenen Ziele, dennoch entsprachen sie immer auch den Erwartungen meines Umfeldes, meiner Eltern, meiner Verwandtschaft und meines Freundeskreises. Im Gegensatz dazu war ich, was meine Beziehungen betraf, eher unbeständig und ziellos. In den letzten Jahren rannte ich fast schon panisch von einer Beziehung in die nächste, ohne besonders lange allein zu bleiben oder weiter darüber nachzudenken. Ich versuchte immer, dem Idealbild zu entsprechen. Unauffällig und normal. Aber egal, wie gut es im Job oder in einer Beziehung lief, ich fühlte mich niemals vollkommen glücklich. Immer fehlte etwas. Die Zeit, darüber intensiver nachzudenken, hatte ich mir in der Vergangenheit nicht genommen. Mein Leben verlief schnell, laut und unruhig. Innehalten und in mich gehen, das gehörte nicht zu meinem Alltag. Vermutlich hatte es mir Angst gemacht, dass ich auf etwas stoßen könnte, das mir nicht gefiel. Irgendwann war in jeder Beziehung, die ich in den letzten Jahren mit einem Mann geführt hatte, der Punkt gekommen, an dem ich meine Beine in die Hand genommen hatte und davongelaufen war. Ich hatte mich damit abgefunden und mein Verhalten damit gerechtfertigt, dass ich wohl allein am besten zurechtkommen würde. Ich akzeptierte die Tatsache, dass ich keinen meiner Freunde vermisste, wenn ich sie mal für eine längere Zeit nicht sah. Ganz im Gegenteil: Nach einem viel zu langen

Wochenende, das ich mit anderen verbracht hatte, atmete ich erleichtert auf, wenn ich endlich wieder für mich allein war. Die Anwesenheit meines Partners empfand ich nicht als störend, aber auch nicht unbedingt als Segen. Wenn ich ehrlich zu mir selbst war, musste ich im Nachhinein feststellen, dass ich die meiste Zeit zum Sex überredet worden war. Ich selbst hatte nur selten die Initiative ergriffen. Wenn Freundinnen über das Verlangen ihrem Freund gegenüber und von ihren ekstatischen Orgasmen erzählten, konnte ich nur still dasitzen und versuchen, mir das irgendwie vorzustellen. Trotzdem hatte ich nie genauer darüber nachgedacht. Ich tröstete mich stattdessen mit Sätzen wie: „Für mich sind eben in einer Beziehung andere Dinge wichtiger als Sex. Ist es nicht wichtiger, respektiert zu werden und den Alltag zusammen bestreiten zu können?" An diesem Abend dachte ich an all meine zerbrochenen Beziehungen der letzten Jahre und an die Gründe dafür. Ich konnte nicht glauben, dass ich mich selbst so lange, so schrecklich belogen hatte. Ist das der Preis, den man dafür zahlen muss, um nach außen hin ein Idealbild abzugeben? Dieser Preis erschien mir plötzlich viel zu hoch. Ich dachte auch an meine letzten Verabredungen und an Mister Perfekt, den ich die letzten Monate über getroffen hatte. Er schrieb mir jeden Tag. Offiziell waren wir nicht in einer festen Beziehung, dennoch fühlte ich mich ihm auf eine Art und Weise verpflichtet, die ich nicht genau erklären konnte. Natürlich waren wir auch schon das ein oder andere Mal im Bett gelandet. Er investierte sehr viel mehr in diese „Beziehung" als ich es zurzeit tat. Seit der Begegnung mit Amanda verbrachte ich nur noch die Hälfte meiner Zeit auf WhatsApp. Jede Nachricht von ihm setzte mich mehr und mehr unter Druck, und ich hasste dieses Gefühl. Er schien die Veränderungen in meinem Verhalten nicht zu bemerken, und falls doch, dann äußerte er es zumindest nicht. Jede Frau würde sich einen Mann wünschen, so wie er einer war. Er sah gut aus und war trotzdem überhaupt nicht eitel. Er hatte einen Job, den er liebte und der ihn sehr erfüllte, trotzdem nahm er sich Zeit, wann immer er gebraucht wurde. Er würde mich niemals hängen lassen. Er war in der Lage, zuzuhören, ohne gelangweilt zu wirken, und Ratschläge zu geben, ohne belehrend zu sein. Und der Sex … Nun, der Sex war in Ordnung. Was ich sehr an ihm schätzte, war sein Verständnis für alles und jeden. Sein Herz musste so groß sein wie das eines Blauwals, davon war ich überzeugt. Ein Blauwalherz ist riesig.

Auf gar keinen Fall wollte ich einem so tollen Menschen weh tun. Ich wusste die letzten Tage einfach nicht, was ich auf seine Textnachrichten antworten sollte, also fasste ich mich immer sehr kurz. Trotzdem blieb er am Ball und ließ sich davon nicht abschrecken. Das war eigentlich schon fast bewundernswert, stellte ich fest. „Was soll ich bloß machen? Soll ich mich weiter mit ihm treffen?" Diese Fragen quälten mich sehr. Mein schlechtes Gewissen meldete sich die letzten Tage immer häufiger. Tief im Inneren wusste ich ganz genau, dass mein Verhalten ihm gegenüber nicht fair war. Die meiste Zeit versuchte ich, mein schlechtes Gewissen zu ignorieren und mich mit Gedanken an Amanda abzulenken, aber das funktionierte nicht immer.

Kapitel 9

Amanda hörte nicht wirklich zu. Während des Gesprächs hatte sie den Anruf auf Lautsprecher gestellt, weshalb die jammernde Stimme Celines zu hören war, die sie seit Wochen datete. Das Telefon lag neben ihr auf dem Bett und ab und zu gab Amanda ein verständnisvoll klingendes „Mhmmm" oder ein „Aha" von sich. Ihre Gedanken waren jedoch weit weg, bis sich Celine irgendwann mit schriller Stimme beschwerte: „Wo bist du nur mit deinen Gedanken? Du hörst mir gar nicht richtig zu!" Das holte Amanda wieder ins Hier und Jetzt zurück. Sie versuchte, aufrichtig und ehrlich zu klingen, als sie mit beruhigender Stimme antwortete: „Ach, das ist doch Unsinn. Ich höre dir zu, wirklich. Ich bin bloß etwas müde. Ich denke, ich werde jetzt schlafen gehen. Es ist schon spät." Wieder ertönte das Zetern: „Es ist doch erst neun Uhr." Amanda rollte mit den Augen. Um Himmels Willen! Merkte diese Frau denn gar nicht, dass sie gerade einfach keine Lust hatte, mit ihr zu sprechen? Wie konnte man nur so sehr von sich selbst eingenommen sein? Und wie war es möglich, dass ein Mensch allein so viele Probleme hatte? Wenn sie für das Wort Pessimist ein Beispiel nennen müsste, würde ihr sofort der Name dieser Frau am anderen Ende der Leitung einfallen. Paula war da ganz anders. Paula würde versuchen, in den ausweglosesten Situationen noch etwas Gutes zu sehen. Sie würde niemals so einen Wirbel um Nichts machen. Celine und Paula unterschieden sich in vielen Dingen. Während Celine das typische Bild einer Frau abgab, mit weiblichen Rundungen, langen Fingernägeln und nahezu immer auf High Heels unterwegs, würde sie Paula eher als ein Turnschuh-Mädchen bezeichnen. Paula trug nur leichtes Make-Up, Jeans, T-Shirt und Sneakers perfektionierten ihren Look. Bei ihr schien es immer so mühelos, sexy und hübsch auszusehen, im Gegensatz zu Celine, die Stunden im Bad verbrachte. Amanda versuchte, sie möglichst sanft abzuwimmeln: „Lass uns doch einfach die kommenden Tage weiter quatschen, ja?" Daraufhin war nur ein giftiges Fauchen aus dem Telefonhörer zu vernehmen: „Gute Nacht, Amanda." Der Anruf wurde beendet. Amanda kroch unter ihre Bettdecke und starrte eine Weile an die Zimmerdecke. Während sie im Dunkeln lag, wanderten ihre Gedanken an ihren ersten richtigen Kuss mit Paula zurück. Es war nur ein Kuss gewesen, aber es hatte in ihr ein brennendes Verlangen nach Paula ausgelöst. Es machte sie an, dass sie einen Vorwand genutzt hatte, um unbeobachtet mit ihr allein zu sein. Alles an Paula turnte sie an und weckte unglaubliche Gefühle in ihr. Wenn Paula sie mit einem unschuldigen Augenaufschlag ansah und dabei lächelte, einfach nur lächelte … Oder wenn sie vor ihr herlief und gar nicht zu merken schien, dass Amandas Blicke fest auf ihrem Po und ihren muskulösen, trainierten Beinen ruhten. War es wirklich Paula, ihr Körper, oder war es die Situation, die sie so anmachte? Heute hatte sie sich wie ein wilder Teenager gefühlt, als sie verbotenerweise mit einer ihrer Teamkollegen in einer dunklen Kammer rumgeknutscht hatte. Es war aufregend und prickelnd gewesen, und Amanda wäre gerne noch viel weiter gegangen. Sie hatte sich zusammenreißen müssen, um nicht über Paula herzufallen. Beim Gedanken an den Moment in der dunklen Kammer wanderte Amandas Hand in ihr Höschen. Sie ließ die Finger erst langsam und dann immer schneller kreisen. Während sie sich selbst zum Höhepunkt brachte, spürte sie immer wieder Paulas Lippen auf ihren und ihren festen warmen Körper unter ihren Händen. In dieser Nacht bestanden Amandas Träume aus wilden Sexfantasien. Jeden einzelnen davon wollte sie mit Paula ausleben.

Kapitel 10

Die restliche Woche fühlte sich an, als hätte man mich auf einen Schlitten gesetzt und unsanft eine steile, raue Buckelpiste hinuntergestoßen. Ich denke, das beschreibt meine Gefühle sehr genau. Ich schlug mich durch die Woche, versuchte irgendwie, die Ruhe zu bewahren und hier und da eine Pause einzulegen, um kurz Luft zu holen. Nicht nur die Schmetterlinge in meinem Bauch machten mir zu schaffen, deren Anzahl im Übrigen ständig stieg, auch das Projekt, an dem wir im Büro arbeiteten, war anspruchsvoll. Zum Glück schaffte ich es trotz Amandas Anwesenheit und den heißen Blicken, die wir austauschten, meine Arbeit rechtzeitig fertig zu bekommen. Ich zwang mich, mich zu konzentrieren, wenn wir im Meeting alle zusammen in einem der Doppelbüros saßen, um uns abzusprechen und die Aufgaben hier und da neu zu verteilen. Es fiel mir nicht leicht. Amanda saß dann meistens direkt neben mir und ab und zu berührte die warme, weiche Haut ihres Armes ganz zufällig meinen Arm. Während unser Team aufgeregt diskutierte und es um uns herum lauter wurde, fand ihre Hand unter dem Tisch den Weg auf meinen Oberschenkel. Sie strich langsam darüber oder drückte ihn zart. Diese kleine Berührung reichte aus, um mich zum stammeln zu bringen oder mich erröten zu lassen. Wenn ich in diesem Moment ihren Blick einfing, konnte ich ihr ansehen, dass es ihr Spaß machte, mich ein wenig aus der Fassung zu bringen. Meine Kollegen schienen von all dem Gott sei Dank nichts mitzubekommen.

Amanda fand tatsächlich Gefallen daran, Paula ab und zu aus dem Konzept zu bringen. Es war wie ein Spiel für sie, und noch dazu auch ein sehr einfaches. Eine klitzekleine Berührung reichte aus, um Paula erröten zu lassen. Es waren erst ein paar Tage vergangen seit dem Kuss, aber Amanda konnte und wollte sich einen Tag im Büro ohne Paula nicht mehr vorstellen.

Paula machte jedes Meeting zu einem besonderen Ereignis und ließ mit ihrem fröhlichen Gesicht sofort die Sonne aufgehen. Amanda liebte es, wie Paula sofort jegliche Aufmerksamkeit auf sich zog, wenn sie einen Raum betrat. Sobald sie auch nur einen Fuß über die Türschwelle setzte, drehten sich die Leute nach ihr um und lächelten sie freundlich an. Manchmal fragte sich Amanda, ob kleine bunte Vögelchen Paula morgens in die Klamotten halfen und Menschen anfingen zu tanzen und zu singen, wenn sie auf die Straße trat. Wie in einem Märchen, in dem Paula die glückliche, kleine Prinzessin war. Niemand konnte sich dieser Wärme und Liebe entziehen, die Paula ausstrahlte, auch nicht Amanda. Sie konnte sich nicht erinnern, dieses Gefühl schon einmal in dieser Art und Weise gefühlt zu haben, und wenn doch, dann war es schon lange her. Sie fühlte sich wie ein alberner Teenager im Körper einer erwachsenen Frau. Der schönste Moment am Tag war die Begrüßungsumarmung jeden Morgen, wenn Paula in die Kaffeeküche kam, um ihr „Guten Morgen" ins Ohr zu flüstern. Amanda drückte sie dann immer für eine Sekunde fest an sich und schnupperte an ihrem blonden Haar, wenn sie unbeobachtet waren. Man konnte es fast schon als ein Ritual bezeichnen. Ab und zu entdeckte Amanda etwas in Paulas Augen, was sie zum Nachdenken brachte. In manchen Momenten war Paula vollkommen in sich versunken und man konnte die Gedanken in ihrem Kopf fast schon rasen hören. Worüber zerbrach sie sich denn dermaßen den Kopf? Ab und zu tippte sie, wenn sie sich unbeobachtet fühlte, eine kurze WhatsApp-Nachricht in ihr Handy, um es danach dann seufzend wieder in ihrer Tasche verschwinden zu lassen. An wen waren die Nachrichten gerichtet? Amanda wusste nicht, ob es ein Stich von Eifersucht war, der sie da überkam, oder ob es einfach nur Neugier war.

In dieser Woche hatte ich wenig Zeit für mich. Meine Arbeit nahm mich fast komplett ein, und in der einen oder anderen ruhigen Minute holten mich meine Gedanken ein. Am schlimmsten war es, wenn ich eine Textnachricht von ihm auf meinem Handy entdeckte. Mister Perfekt fragte mich fast täglich nach einem weiteren Date, wie es mir ging und wie die Arbeit lief. Er stellte tausende Fragen und war bemüht, den Kontakt zu halten, also versuchte ich immer, direkt zu antworten und ihn nicht allzu lange warten zu lassen. Ich fasste mich trotzdem stets sehr kurz: „Samstag könnte gehen.

Sage dir dann noch Bescheid. Mir geht es gut. Arbeit läuft." Meistens steckte ich das Handy dann direkt wieder weg. Ich wollte nicht, dass Amanda mitbekam, dass ich mit ihm schrieb. Was würde sie dann von mir denken? Andererseits … Tat sie nicht genau dasselbe? Soweit ich das in dieser Woche mitbekommen hatte, erhielt Amanda Anrufe, die sie entweder gar nicht erst annahm oder mit einem genervten „Jetzt passt es gerade nicht" beantwortete. Wer da wohl dran war? Und wieso rief diese Person sie so oft an? Hatte Amanda Verabredungen? Die Anrufe, die mich in dieser Woche erreichten, waren alle von meinem Bruder Finn. Er rief für gewöhnlich einmal pro Woche an und erkundigte sich, ob bei mir alles in Ordnung war. Finn war einer der wenigen Lieblingsmenschen in meinem Leben, und das nicht nur, weil er mein älterer Bruder war. Wenn es einen Menschen auf der Welt gab, der wirklich alles für mich tun würde und immer ausnahmslos für mich da war, dann war das Finn. Wir hatten in der Vergangenheit gerne viel Zeit miteinander verbracht und hatten ein sehr gutes Verhältnis zueinander. Das hatte sich auch nicht geändert, als ich vor fünf Jahren beschlossen hatte, in eine sechshundert Kilometer weit entfernte Stadt zu ziehen. Er sorgte sich nur noch mehr um mich. Das war auch einer der Gründe, wieso es ihn nicht nur wunderte, sondern auch zu ärgern schien, dass ich die letzten zwei Wochen keinen einzigen Anruf von ihm angenommen hatte, sondern nur eine kurze Textnachricht gesendet hatte: „Ich bin gerade sehr eingespannt. Lass uns die kommende Woche telefonieren. Hab' dich lieb." Er schickte darauf nur das Kackhaufen-Emoji mit dem lächelnden Gesicht, das wohl jeder kennt. Ein kleiner Tipp von mir an dieser Stelle: Nur weil es lächelt, bedeutet es nicht unbedingt, dass die andere Person erfreut ist. Ich nahm mir fest vor, ihn in der kommenden Woche anzurufen.

Kapitel 11

Am Samstagmorgen, eigentlich schon fast am späten Vormittag, riss mich mein Wecker unsanft aus einem wunderschönen Traum von Amanda.

Nachdem ich ein paar Mal geblinzelt und meine müden Augen geöffnet hatte, schlurfte ich in die Küche, um mir einen Kaffee zu machen. Koffein weckt ja bekanntlich sogar Tote. Erst nach der Tasse Kaffee schoss mir durch den Kopf, wieso ich mir gestern Abend überhaupt den Wecker gestellt hatte. Ich hatte Mister Perfekt ein Date zugesagt. „Scheiße. Mist. Verdammt!", fluchte ich laut, bevor ich mir den letzten Schluck Kaffee in den Mund kippte und ins Bad flitzte. Ich hatte nie einen Termin verpasst, normalerweise war ich die Zuverlässigkeit und Pünktlichkeit in Person. Normalerweise ... Als Mister Perfekt mich am Samstag zum Mittagessen abholte, war ich nicht besonders gut gelaunt. Nach meinem stressigen Vormittag und nach allem, was mich in den letzten Wochen beschäftigte, hatte ich eigentlich überhaupt keine Lust darauf, mich mit ihm zu treffen. Er hatte sich am Vortag am Telefon jedoch so sehr über meine Zusage gefreut, dass ich es nicht übers Herz brachte, ihm abzusagen. Zum Glück war er mit einem Mittagessen zufrieden, denn sich mittags zu treffen erschien mir unverfänglicher und unkomplizierter. Dadurch musste ich mir keine Gedanken machen über die romantische Stimmung, die abends vermutlich aufgekommen wäre. Auch mit meinem Outfit hatte ich mir nicht besonders viel Mühe gegeben: Eine Jeans, ein Top und weiße Nike-Turnschuhe mussten reichen. Er war gut gelaunt und lächelte mir strahlend entgegen, als ich ihn mit einer kurzen Umarmung und einem Küsschen auf die Wange begrüßte. „Wunderschön siehst du aus. Es tut so gut, dich zu sehen", meinte er fröhlich. Verwundert über seinen Kommentar zu meinem Aussehen setzte ich ein Lächeln auf und antwortete kurz: „Danke, du siehst auch gut aus. Lass uns gehen." Es war nur ein Essen, aber ich empfand es als eines der unangenehmsten Treffen, das ich seit Langem gehabt hatte. Obwohl er sich verhielt wie immer, fühlte es sich auf einmal so anders an. Mister Perfekt starrte mich unaufhörlich an und versuchte, meinen Blick festzuhalten. Er sah mich immer wieder total verliebt an. In der Vergangenheit hatte ich das als liebenswert und süß empfunden, aber dieses Mal fühlte ich mich davon belästigt und überfordert. Die meiste Zeit versuchte ich, das Gespräch am Laufen zu halten und seinen Blicken so gut wie möglich auszuweichen. Ich plapperte einfach los und erzählte von unserem Projekt, wobei ich die kribbelnden Momente bewusst nicht erwähnte und auch das Thema Amanda ausließ. „Du scheinst ja wirklich eingespannt zu sein, was die Arbeit angeht. Und ich dachte schon, es läge an mir", gab Mister Perfekt zurück. Er klang erleichtert. Ich spürte, wie ich errötete und schüttelte bloß leicht den Kopf. Mehr sagte ich dazu nicht. Als er mich nach Hause brachte und ich den Abschied und den Kuss hinter mich gebracht hatte, atmete ich erleichtert aus. Noch nie hat sich etwas so verdammt falsch angefühlt wie dieses Date. Diese Unterhaltung. Dieser Kuss. Einfach alles.

Amanda hatte keine Lust, an diesem Samstag irgendetwas zu tun. Es war bereits zwölf Uhr mittags und sie saß noch immer in ihrem Pyjama im Schneidersitz auf ihrem Sofa und wusste nichts mit sich anzufangen. Ihr Telefon hatte bereits drei Mal geklingelt und der vierte Anruf von Celine würde mit Sicherheit bald folgen. Das vierte Mal würde sie rangehen müssen, sonst konnte es ungemütlich werden. Frauen sollte man nicht wütend machen, die konnten einem wirklich die Hölle heiß machen.

Was war nur mit ihr passiert in den letzten Wochen? Bis vor kurzer Zeit war ihr Leben noch vollkommen in Ordnung gewesen, sie hatte sich verabredet und ihre Wochenenden bei Bekanntschaften verbracht. Auch dieses Wochenende hätte sie die Möglichkeit, die nervtötende Frau zu treffen, mit der sie sich in den letzten Monaten immer wieder verabredet hatte, Sex zu haben und dann entspannt wieder nach Hause zu fahren. Keine Verpflichtungen, kein Stress und vor allem keine komplizierten Gefühle. Die Gedanken, die sie verfolgten, hielten sie jedoch davon ab. Aber nicht nur ihr Kopf, auch das Gefühl, das sich in ihrem Brustkorb breit machte, zwang sie, auf dem Sofa zu bleiben. Sie vermisste Paula. Sie vermisste sie so sehr, dass es kaum auszuhalten war, vor allem, weil sie nun wusste, dass Paula nur fünfhundert Meter entfernt wohnte. Es erschien ihr nicht richtig, dass sie hier allein herumsaß, wo sie doch bei ihr sein könnte. Sie fragte sich, wie Paula wohl ihr Wochenende verbrachte. Vielleicht traf sie diesen „Mister Perfekt". Alle im Büro nannten ihn so. Die Männer sprachen mit größtem Respekt von ihm und die Frauen waren begeistert, wenn sie nur seinen Namen hörten. Amanda fragte sich, ob dieser Mann wirklich so perfekt war, wie alle sagten. Sie schmerzte der Gedanke, dass er Zeit mit Paula verbringen konnte, während sie hier saß und vor Sehnsucht zerfloss.

Der Gedanke, dass er Paula anfassen konnte oder sie sogar küsste, machte sie wütend, also versuchte sie, nicht mehr daran zu denken. Seit etwa zwei Wochen hasste Amanda die Wochenenden, denn das bedeutete, dass sie Paula zwei ganze Tage lang nicht würde sehen können. Seit dem Kuss hatte sich Amanda so oft die Frage gestellt, wie das alles weitergehen sollte. Sie hatte noch immer keine Antwort darauf gefunden.

Kapitel 12

Das ganze Wochenende über musste ich an Amanda denken. Waren die Wochenenden früher auch so unerträglich lang gewesen? Am Sonntagabend hielt ich es nicht mehr aus und schrieb ihr schließlich, nachdem ich lange genug hin und her überlegt hatte. Diese innere Zerrissenheit zwischen „Ich möchte in Amandas Nähe sein" und „Ich versuche, mich von ihr fernzuhalten" machte mich noch wahnsinnig. Ohne einen weiteren sinnlosen Gedanken zu verschwenden, zückte ich mein Handy und schrieb: „Amanda, ich hoffe, du hattest ein schönes Wochenende. Was machst du morgen Abend?" Dann wartete ich gespannt auf eine Antwort. Wie immer dauerte es nicht lange und mein Handy kündigte den Eingang einer WhatsApp-Nachricht an. „Mein Wochenende war unerträglich langweilig. Ich freue mich, dass du mir schreibst. Morgen Abend habe ich nichts vor. Wieso fragst du?" Kaum las ich diese Nachricht, breitete sich ein zufriedenes Lächeln auf meinen Lippen aus. Ob Amanda wohl genauso viel an mich gedacht hatte wie ich an sie? Ich tippte mit etwas zittrigen Fingern: „Wenn du noch nichts vorhast, dann komm doch zu mir. Vielleicht um 19:00 Uhr?" Bevor ich es mir anders überlegen konnte, drückte ich schnell auf „senden". Weg war die Nachricht. Jetzt gab es kein Zurück mehr. Wieder wurden tausende von Schmetterlingen in meinem Bauch geweckt und verursachten ein Kribbeln, das bis in meine Zehen ausstrahlte.

Amandas Augen weiteten sich und sie zog ungläubig eine Augenbraue hoch, als sie Paulas letzte Nachricht las. Sie beeilte sich zu antworten, bevor Paula es sich anders überlegen konnte: „Ist das ein Date? Ich bringe Wein mit!" Nur zehn Sekunden später kam bereits die Antwort: „Vielleicht, vielleicht auch nicht. Wer weiß. Ich freue mich auf dich." Amanda schnaubte leise. Was war das denn für eine wage Antwort? Paula schien sich alles offen halten zu wollen. „Was auch immer es ist, und wie auch immer wir es nennen, ich freue mich sehr darauf." Mehr schrieb Amanda an diesem Abend nicht. Sie fühlte sich wie ein aufgeregter Teenager vor dem ersten richtigen Date, was vollkommen albern war. Sie hatte doch schon hunderte Verabredungen in ihrem Leben gehabt, wieso machte sie diese Einladung so nervös? Die Erklärung war ganz einfach, sie lag auf der Hand: Weil es Paula war, mit der sie sich traf. Es war nicht irgendeine Frau. Sie musste sich eingestehen, dass sie schon jetzt wahnsinnig in sie verknallt war.

Den ganzen Montag über herrschte eine aufgeladene Stimmung im Büro, einerseits zwischen meinen Teamkollegen, da am Freitag eine wichtige Präsentation anstand, andererseits zwischen Amanda und mir, weil wir beide nicht wussten, was uns am Abend erwarten würde. Als ich nachmittags zuhause ankam, räumte ich hektisch meine Zwei-Zimmer-Wohnung auf und achtet peinlich genau darauf, dass alles sauber und ordentlich war. Das Sofa, das in meinem Wohnzimmer stand, war für zwei Personen gerade richtig, um darauf zu sitzen oder zu essen. Man konnte es ausziehen und damit die doppelte Sitzfläche schaffen. Ich entschied mich dafür und begründete meine Entscheidung damit, dass es gemütlicher sein würde. Dann flitze ich ins Bad und duschte mich schnell. Schließlich zog ich mich an und checkte mein Make-Up. Gerade als ich mich zufrieden umsah, klingelte es auch schon an der Tür.

Amanda war pünktlich, fast schon überpünktlich. Um genau zu sein war sie noch eine Runde um den Block spaziert, weil sie sonst zehn Minuten zu früh bei Paula geklingelt hätte. Außerdem hatte es ihr geholfen, ihre Nervosität in den Griff zu bekommen. Sie hörte Paulas Stimme durch die Sprechanlage an der Haustür. „Hi. Dritter Stock." Amanda lief schnell die Treppen rauf und nahm dabei manchmal zwei Stufen auf einmal, sodass sie schließlich etwas außer Atem vor Paula stand. Paula umarmte sie kurz und zeigte auf die kleine Garderobe im Flur der Wohnung. „Komm rein. Hier kannst du deine Sachen aufhängen." Immer noch etwas außer Atem drückte Amanda ihr den Wein, den sie mitgebracht hatte, in die Hand. „Hier, bitte. Das ist übrigens mein Lieblingswein. Ich hoffe, er schmeckt auch dir!" Paula schenkte ihr ein zauberhaftes Lächeln, schloss die Tür und trat in die kleine offene Küchennische, um die Flasche zu öffnen. „Schau dich gerne um. Naja, viel gibt es nicht zu sehen. Meine Wohnung ist nicht besonders groß, in zwei Minuten bist du durch." Das stimmte zwar, dennoch fand Amanda, dass Paula das Beste aus dieser Wohnung herausgeholt hatte. Vom Flur aus konnte sie einen Blick ins Bad werfen. Paula hatte alles liebevoll in einem zarten Rosé-Ton eingerichtet. Alles war perfekt aufeinander abgestimmt. Amanda fand auch das Wohnzimmer sehr gemütlich. Die schweren, aber modernen Holzmöbel, das große Sofa und der weiche beigefarbene Teppich passten gut zusammen. Sie trat in die kleine Küchennische zu Paula, die sich gerade auf die Zehenspitzen stellte, um zwei Weingläser aus dem obersten Schrankfach herauszufischen. Nachdem sie einen kurzen Blick auf Paulas Po geworfen hatte, blieb ihr Blick an ihrem Kühlschrank hängen. Mit bunten Magneten hatte sie hier zahlreiche Fotos befestigt. Es waren so viele, dass sie die gesamte Vorderseite des Kühlschrankes bedeckten. Paula war darauf mit verschiedenen Personen zu sehen, in unterschiedlichen Situationen, aber auf jedem einzelnen Foto sah sie wunderschön aus, fand Amanda. Sie lächelte immer ihr strahlendes Paula-Lächeln, und umarmte oder küsste die anderen Personen auf den Fotos.

Ich hatte bemerkt, dass Amandas Blick auf meinem Kühlschrank und den Fotos hängen geblieben war. „Bitte frag mich nicht, wer all diese Menschen sind, sonst müssen wir unser Date um zwei Wochen verlängern. Es würde ewig dauern, dir das alles zu erzählen", erkläre ich. Ich drückte ihr ein Glas Wein in die Hand und lief voraus, um auf dem Sofa Platz zu nehmen. „Dann ist es also doch ein Date", erwiderte Amanda grinsend und setzte sich neben mich. Ich ignorierte ihre Bemerkung, musste aber schmunzeln. „Amanda, darf ich dich was fragen?" „Ja, klar. Schieß los." Bevor ich sie mit meinen Fragen bombardierte, nippte ich an meinem Wein und stellte fest, dass er wirklich sehr gut schmeckte. „Na gut", fing ich an und atmete noch einmal tief durch. „Mich würde interessieren, wann du gemerkt hast, dass du auf Frauen stehst und wie du es überhaupt erst verstanden hast." Amanda schien nicht besonders überrascht zu sein von diesen Fragen. Sie lehnte sich etwas zurück und begann zu erzählen: „Ich habe schon sehr früh gemerkt, dass mich Männer sexuell nicht anziehen und dass ich anders bin als andere Frauen in meinem Alter. Ich habe mich nur ungern weiblich gekleidet, sehr zum Unmut meiner Eltern, und habe nicht mit den typischen Mädchenspielzeugen gespielt. Dass ich wirklich auf Frauen stehe, habe ich mit zweiundzwanzig gemerkt, da hatte ich dann auch meine erste Freundin. Naja, dabei blieb es dann auch. Ich hatte nie Zweifel daran, dass ich lesbisch bin. Obwohl ... Na ja ... Obwohl sich manche wohl etwas anderes für mich wünschen würden." Nach diesem Satz brach Amanda ab. Ich fand es unglaublich spannend, was sie da erzählte, und klebte förmlich an ihren Lippen, weil ich unbedingt mehr wissen wollte. Als ich den Mund aufmachte, um meine nächste Frage zu stellen, kam mir Amanda jedoch zuvor. „Jetzt habe ich ein paar Fragen an dich." Ich schloss meinen Mund wieder und nickte: „In Ordnung." Amanda lehnte sich weiter vor und rutschte dichter an mich heran, bevor sie leise fragte: „Wieso bist du mit einem Mann zusammen, wenn du doch offensichtlich Frauen magst? Ich möchte die Wahrheit wissen, keine Lügen oder Ausreden." Während sie diese Frage stellte, sah sie mir fest in die Augen, fast schon herausfordernd. Ich wich ihrem Blick nicht aus. Es fühlte sich so an, als hätten diese Worte schon lange in mir geschlummert und nur darauf gewartet, endlich heraus zu dürfen: „Ich bin derzeit nicht in einer festen Beziehung mit einem Mann. Wir verabreden uns und haben ab und zu Sex miteinander, aber das war's auch schon. Ich denke, ich wollte immer möglichst normal sein. Es ist leichter, wenn man der Norm entspricht, die einem vom Umfeld vorgelebt wird. Ich habe in meinem Leben schon öfters gedacht, dass irgendetwas mit mir nicht stimmt. Keine meiner Beziehungen in der Vergangenheit war von Dauer, aber es lag nicht immer an meinen Partnern. Spaß an Sex hatte ich zum Beispiel nur selten in diesen Beziehungen. Bis vor Kurzem habe ich gedacht, dass das normal ist, es sollte eben so sein. Ich habe es nicht weiter hinterfragt." Nach diesem letzten Satz hob ich den Kopf und sah Amanda an. Sie fragte leise: „Bis vor Kurzem? Was hat sich geändert?" „Ich habe dich kennengelernt. Das hat alles verändert", gab ich zu und nahm einen großen Schluck Wein. Meine Antwort schien ihr zu gefallen. Sie rutschte noch etwas dichter an mich heran und flüsterte: „Du bist nicht normal, und das ist gut so." Sie schob ihre Nase dicht an meine und schloss die Augen. Eine Hand legte sie an meine Wange, mit der anderen Hand zog sie mich noch dichter an sich heran. Endlich küssten wir uns. Endlich konnte ich sie so innig küssen, wie ich wollte, ohne der Angst im Nacken, dabei von jemandem gesehen zu werden.

Amanda musste ihr die ganze Zeit auf die Lippen schauen, noch während sie sprach. Der letzte Kuss lag viel zu lange zurück. Es kam ihr wie eine Ewigkeit vor, dass sie diese süßen Lippen geküsst hatte. In dem Moment, in dem sich ihr Mund auf Paulas legte, wurden all die herumwirbelnden Gedanken in ihrem Kopf endlich still. Es fühlte sich wirklich unglaublich gut an, diese Frau zu küssen und zu berühren.

Ich konnte ihre Lippen erst ganz sanft auf meinen spüren, dann wurden ihre Küsse fordernder. Ich mochte es, wie sie mit ihrer Zungenspitze vorsichtig nach meiner tastete und mit meinen Lippen spielte. Es dauerte nicht lange, bis wir quer auf dem Sofa lagen. Es war eine gute Entscheidung gewesen, das Sofa komplett auszuklappen. Ihre kleinen Hände schlangen sich fest um mich, als wolle sie sicherstellen, dass ich nicht einfach so verschwand. Ab und zu hielt sie inne, um mich anzusehen und Luft zu holen, bevor sie mich wieder und wieder in den absoluten Wahnsinn küsste.

Amanda rollte sich zur Seite und schob sich auf Paula, sodass ihr rechtes Bein zwischen Paulas Beinen und ihre Hüfte auf Paulas Oberschenkel lag. Sie spürte Paulas Herz schlagen und wie sich ihr Oberkörper hektisch hob und wieder senkte, weil Paula stoßweise ein und ausatmete. Sie konnte den Blick nicht mehr von Amanda nehmen, was diese fast durchdrehen ließ. Ihre Augen brannten vor Verlangen. Amanda konnte nicht genug von ihr bekommen. Sie wollte nie wieder von Paulas Lippen und ihrem Körper ablassen. Hätte man sie in diesem Moment nach ihrem eigenen Namen gefragt, sie hätte ihn nicht mehr gewusst. So leer war ihr Kopf und so still die Gedanken. „Offensichtlich funktioniert das Gehirn nicht mehr, wenn man so viele Dinge auf einmal fühlt", dachte Amanda.

„Oh Gott", stöhnte Amanda und ließ plötzlich von mir ab. Sie sah mich an und fügte hinzu: „Ich muss mich gerade so zusammenreißen … um nicht

…". „Um nicht was?", fragte ich neugierig und etwas belustigt. Sie stöhnte: „Um dir nicht die Klamotten vom Leib zu reißen und über dich herzufallen. Um dich nicht einfach überall zu küssen. Ich will dich so sehr, dass es weh tut, und das schon vom ersten Tag an. Meine erste WhatsApp-Nachricht wegen der neuen Kaffeemaschine war ein Vorwand. Mir fiel nichts besserer ein, um dich ins Büro zu locken. Ich wollte dich unbedingt am nächsten Tag wiedersehen." Sie rollte sich von mir runter und legte sich neben mich, den Blick zur Decke gerichtet. Ich drehte mich zu ihr, schob mein Bein über ihres und legte meine Hand auf ihren Bauch. „Wieso fühlt sich das nur so unglaublich gut an?", fragte Amanda. „Das Warum ist doch egal", antwortete ich. Sie setzte sich auf und sah mich mit einem ernsten Blick an. „Wie soll das jetzt weitergehen, Paula? Ich meine, was soll das werden?" Darüber hatte ich mir bis dahin noch keine Gedanken gemacht, also antwortete ich einfach genau das, was ich fühlte: „Ich weiß nicht, wie es weitergehen soll, aber ich denke, wir sollten es einfach mal weiterlaufen lassen. Lass uns sehen, was daraus werden kann. Ich fühle mich gut, wenn du bei mir bist, und ich vermisse dich, wenn ich nicht in deiner Nähe bin."

Amanda hatte nicht mit einer so ehrlichen Antwort gerechnet, aber ihr gefiel meine Sichtweise. „Ja, das finde ich gut. Mir geht es genauso. Ich habe begonnen, die Wochenenden zu hassen, denn zwei Tage ohne dich sind die Hölle. Aber wir müssen aufpassen, wenn wir im Büro sind, Paula. Es könnte mich meinen Job kosten, wenn das rauskommt." Ich nickte verständnisvoll. Amanda schob belustigt hinterher: „Dann müssen wir eben öfters Druckerpapier holen, aus der dunklen Abstellkammer." Jetzt musste ich lachen und drückte ihr einen Kuss auf die Wange. „Dann haben wir beide also ein Geheimnis", flüsterte ich. An diesem Abend schlief Amanda noch nicht bei mir. Sie machte sich um zwei Uhr nachts schließlich auf den Heimweg. Als die Tür hinter ihr ins Schloss fiel, war ich so glücklich, dass ich die Freudentränen zurückhalten musste. Noch nie hatte sich ein Date so gut angefühlt. Noch nie hatte ich körperliche Nähe so sehr genossen wie an diesem Abend. Der Abend war eine Mischung aus heißen Küssen, Berührungen und tiefgründigen Gesprächen gewesen, und ich hatte das Gefühl, dass ich Amanda langsam aber sicher immer besser kennenlernte.

Kapitel 13

Am kommenden Morgen tauchte Amanda als letzte im Büro auf. Ich schmunzelte in mich hinein, als ich sah, wie verschlafen sie wirkte. Völlig übermüdet, aber irgendwie glücklich. Wenn sich unsere Blicke trafen, war es fast so, als würden wir uns gegenseitig Gedanken schicken. Ich wusste genau, was sie dachte, und umgekehrt war es genauso.

Nach diesem ersten Date war für Amanda im Büro nichts mehr so, wie es zuvor gewesen war. Es war anders, viel besser als früher. Es war aufregend, immer neue kleine Verstecke zu suchen, in die sie und Paula heimlich verschwinden konnten, um für ein paar wenige Minuten ihre Zweisamkeit zu genießen. Sie packte Paula dann fest und zog sie dicht an sich heran. Sie mussten leise sein, denn die Wände im Bürogebäude waren dünn und hatten bekanntlich Ohren. Ihre Küsse konnten innerhalb weniger Sekunden so wild werden, dass Amanda es nicht mehr aushielt und begann, ihre Finger in Paulas Slip wandern zu lassen. Wenn sie Paula streichelte, sie dabei an die Wand drückte und ihre Lippen weiter in Beschlag nahm, begann Paula vor aufkommender Lust leise zu stöhnen. „Psst ... du musst leise sein", flüsterte Amanda dann und hielt ihr mit einer Hand den Mund zu. Amanda selbst machte es unglaublich an, Paula so lusterfüllt zu sehen und sie dabei anzufassen. Wenn sie so dicht an ihrem Ohr stöhnte, krallte Amanda ihre Finger noch fester in ihre zarten Arme, um nicht die Kontrolle über sich selbst zu verlieren. Neben Abstellkammern und Lagern hatten sie auch den Aufzug für sich entdeckt. Amanda konnte nicht mehr zählen, wie oft am Tag sie vom Keller bis zum fünften Stock hinauffuhren und wieder zurück, um einen Moment lang unbeobachtet zu sein. Es mussten etliche Male sein. Wann immer jemand aus einem anderen Stockwerk zustieg, standen sie brav und etwas beschämt nebeneinander und hofften, die

Person würde den Aufzug schnell wieder verlassen. Weil diese Fahrt ihre Lust meistens kaum stillte, drückten sie erneut die Knöpfe im Aufzug, um sich noch ein paar Küsse mehr stehlen zu können.

Ich kann mich noch sehr gut an eine Woche erinnern, in der unser geliebter Aufzug defekt war und repariert werden musste. Es war ein Desaster für Amanda und mich. Wir konnten unsere Enttäuschung kaum vor den Technikern verbergen, die sich gerade an die Arbeit machten und uns mitteilten, dass wir diese Woche leider die Treppe würden nehmen müssen. „Eine ganze Woche?", fragte ich einen der Techniker so empört, dass Amanda sich ein Lachen nicht verkneifen konnte. „Ja, leider. Aber Treppen steigen hält jung und fit", entgegnete der Techniker frech. „Das, was wir in diesem Aufzug für gewöhnlich treiben, auch", dachte ich missmutig und war mir absolut sicher, dass Amanda gerade das Gleiche dachte. In besagter Woche fanden wir zwar neue heimliche Ecken, aber kein Platz war so gut geeignet wie der Aufzug. Fast jeden Tag, wenn die Zeit es zuließ, trafen Amanda und ich uns außerdem auch außerhalb des Büros. Wir kochten zusammen, aßen oder tranken Wein. Oft saßen wir bis spät abends in der lauen Sommerluft auf meinem kleinen Balkon und führten wundervolle Gespräche. Meine liebsten Momente waren die, in denen ich Amanda zum Lachen brachte. Sie warf dann den Kopf zurück in den Nacken und ab und zu entlockte ich ihr sogar ein kleines Grunzen. Ihr Lachen war das ansteckendste, das ich je gehört hatte. Bald war ich mir vollkommen sicher, dass es fast nichts gab, das ich nicht über sie wusste und umgekehrt. Mein Vertrauen zu Amanda wuchs täglich, genau wie meine Gefühle. Da wir beide nicht wollten, dass uns jemand zu zweit in der Öffentlichkeit sah und vielleicht als Paar wahrnahm, vermieden wir es, uns zusammen außerhalb der Wohnung zu zeigen. Vor allem Amanda achtete sehr genau darauf. Falls es doch einmal vorkam, dann gingen wir wie zwei Freundinnen knapp einen Meter voneinander entfernt nebeneinander her. Ich war mir damals sehr sicher, dass man es uns trotzdem würde ansehen können. Die Blicke, die wir uns zuwarfen, sprachen Bände. Selbst ein Blinder hätte die Spannung zwischen uns wahrnehmen können. Das Versteckspiel in der Öffentlichkeit machte mir nichts aus, und ich hinterfragte es auch nicht weiter. Über die Frage, wie es mit uns weitergehen sollte, sprachen wir ebenfalls nicht mehr.

Amanda genoss jede einzelne Minute, die sie mit Paula verbrachte. Sie hatte das Gefühl, dass sie ihr alles sagen konnte, ganz egal was es war: Paula würde sie verstehen. Paula lachte und nahm sie liebevoll in den Arm, wenn sie rumalberte oder Blödsinn von sich gab. Paula hörte aufmerksam zu, wenn ihr Amanda das Herz ausschüttete, und sie versuchte, deren Schmerz zu lindern. Amanda bewunderte sie für ihre Stärke und ihren scheinbar unverwüstlichen Optimismus. Es kam ihr so vor, als könnte nichts und niemand Paula und ihre Welt erschüttern. Fast nichts. Es gab eine Sache, bei der Paula sich schüchtern zurücknahm, weil sie noch nicht wusste, wie sie damit umgehen sollte: Sie hatte nie zuvor Sex mit einer Frau gehabt und hatte Angst, dabei etwas falsch zu machen. Amanda konnte spüren, wie die Unsicherheit sie überkam, sobald sie sich dem Thema näherten oder Amanda Anstalten machte, einen Schritt weiter in diese Richtung zu gehen. Nach einigen Treffen beschloss sie also, dieses Thema einfach offen anzusprechen: „Du machst mich total an, Paula. Ich würde so gerne mit dir schlafen. Was denkst du darüber?" Paula schien froh darüber zu sein, dass Amanda das so offen ansprach. „Ich hätte gerne Sex mit dir. Ich weiß nur nicht wirklich … ich meine … Was mache ich mit meinen Händen und so?", erwiderte Paula und hob fragend ihre Hände. Amanda musste lachen: „Oh je, du bist so süß, wenn du keinen Plan hast. Mach einfach das, was du in diesem Moment gerne tun möchtest. Das ist halb so wild. Aber ich kann dich beruhigen, ich stehe nicht besonders auf den normalen „Lesben-Sex". Mit mir zu schlafen ist nicht wirklich anders, als mit einem Mann zu schlafen." Paula sah sie daraufhin fragend an und meinte unsicher: „Wie … genau … also, was meinst du damit? Du bist doch eine Frau." Amanda beantwortete ihr die Frage offen und ehrlich: „Ich stehe auf Spielzeug. Es gibt da Dinger, die man sich umschnallen kann. Die stimulieren dann mich von außen und dich von innen." Es dauerte einen kurzen Moment, bis Paula verstand. „Oh, wow. Okay. Also, du schnallst dir sozusagen einen Penis um, habe ich das richtig verstanden? Es ist fast wie normaler Sex?" Amanda war überrascht, wie entspannt Paula darauf reagierte.

Amandas Erklärungen zu ihren Vorlieben, was Sex betraf, hatten mich neugierig gemacht. Ich wollte alles darüber wissen. „Wie genau sieht so etwas aus? Wie fühlt sich das an für dich und für mich? Fühlt es sich echt an?" Amanda schien sich über mein ehrliches Interesse zu freuen, denn sie zog ihr Handy aus der Tasche und hielt es mir nach wenigen Sekunden vor die Nase. „Da. So sehen diese Dildos aus. Naja, natürlich gibt es sie in verschiedenen Farben und Größen. Ob sie sich echt anfühlen, kann ich dir nicht sagen, ich habe schließlich keinen Vergleich. Aber wir können es mal ausprobieren, wenn du möchtest. Du musst es nur sagen und ich bestelle die Teile." Ich sah mir die Bilder ganz genau an und zoomte bei dem einen oder anderen etwas dichter heran. Ich inspizierte alles ganz genau. Es schreckte mich nicht ab, ganz im Gegenteil, es machte mich eher neugierig. Was mich aber zurückhielt, war immer noch meine Angst, etwas falsch zu machen oder Amanda aufgrund meiner fehlenden Erfahrung nicht befriedigen zu können. Meine Stimme klang etwas unsicher, als ich Amanda fragte: „Können wir damit doch noch ein kleines bisschen warten? Ich muss mir das erst nochmal durch den Kopf gehen lassen." Amanda steckte ihr Handy in die Hosentasche zurück und nickte zufrieden: „Natürlich. Ich will dich zu nichts drängen. Wir haben alle Zeit der Welt. Ich wollte nur verstehen, ob du genauso für mich fühlst, wie ich für dich." Den letzten Satz murmelte sie sehr leise, fast etwas unsicher, als würde sie daran zweifeln. Ich begann, ihre weichen Lippen zu küssen und sagte dabei: „Natürlich empfinde ich für dich wie du für mich. Daran musst du niemals zweifeln." Nachdem Amanda dieses Thema so offen angesprochen hatte, machte ich es mir zur Aufgabe, möglichst viel über „Lesben-Sex" herauszufinden. In der Vergangenheit bin ich nie auf die Idee gekommen, mir Pornos dazu im Internet anzusehen, aber jetzt schien mir das eine gute Möglichkeit zu sein, um meine Wissenslücken zu schließen. Ich klickte mich also durch die Seiten und sah mir verschiedene kurze Videoclips an, in denen zwei Frauen miteinander schliefen. Dabei fand ich dutzende Antworten auf die Frage, was ich mit meinen Händen anstellen konnte. Manche gefielen mir, wieder andere erschreckten mich eher. Ich errötete bei dem Gedanken, dass ich tatsächlich zuhause vor meinem Laptop saß und mir Sexfilme reinzog. Was hatte Amanda bloß mit mir gemacht?

Kapitel 14

Die Stimme meines Bruders ertönte laut aus dem Lautsprecher meines Handys: „Ach, wie schön, du lebst also doch noch. Und das Schönste ist, dass du wieder mit mir redest. Du bist schwerer zu erreichen als die Queen oder der Papst höchstpersönlich." Es war Samstagmorgen, und während ich auf meinem Balkon meinen ersten Kaffee schlurfte, saß er wohl auf seiner kleinen Terrasse und frühstückte. Zumindest sah es durch die Kamera des Telefons so aus. Ich ignorierte den säuerlichen Unterton, der in seiner Stimme mitschwang, und antwortete fröhlich: „Hier bin ich. Total lebendig, wie du sehen kannst. Wie geht es dir? Was ist so passiert in der letzten Zeit?" Offensichtlich hatte ich mit der Fröhlichkeit etwas übertrieben, denn er bemerkte sofort, dass ich etwas verheimlichte. Mit gerunzelter Stirn, aber schon viel weicherer Stimme, bemerkte er: „Schwesterherz, wollen wir nicht erstmal diesen riesigen rosa Elefanten, der hier mitten im Raum steht, aus dem Weg schaffen? Warum sagst du mir nicht einfach, was die letzten Wochen bei dir so los war?" Das traf mich etwas unerwartet und mein Gesicht wurde heiß, was ihn in seinem Verdacht noch bestärkte, dass ich etwas vor ihm verbarg. „Ist es der Typ, den du datest? Ist es endlich etwas Ernstes?", fragte er neugierig. Ich holte einmal tief Luft, fast so, als würde ich in eiskaltes Wasser springen. Dann gab ich ihm die Ant-wort, auf die er so lange gewartet hatte: „Nein, es ist nicht Mister Perfekt. Ich treffe mich mit Amanda." Jetzt schien er verwirrt zu sein: „Amanda? Ist sie eine Freundin von dir?", fragte er. Ohne irgendwelche Ausflüchte oder Lügen gestand ich ihm die Wahrheit: „Sie ist nicht nur eine Freundin. Ich habe mich in sie verliebt. Wir … wir sind sozusagen ein Liebespaar." Ich blickte erwartungsvoll auf die kleine Kamera und beobachtete das Gesicht meines Bruders. Er sagte nichts. Das musste er auch nicht, denn ich konnte alles in seinem Gesicht ablesen. Kaum hatte ich meinen Satz beendet, sah es so aus, als würde die Gedanken in seinem Kopf explodieren. Seine Gesichtszüge entglitten ihm, völlig überrascht von diesem Geständnis klappte sein Unterkiffer nach unten. Mit weit aufgerissenen Augen starrte er mich vollkommen regungslos an, sodass ich erst dachte, das Bild sei eingefroren. Vorsichtig fuhr ich fort: „Ähm Finn, kannst du mich noch hören? Ich date eine Frau und sie ist der Wahnsinn, wirklich, ich …" Finn hatte offensichtlich seine Stimme wiedergefunden und unterbrach mich: „Warte. Warte. Stopp!" Er hob eine Hand und senkte den Blick, bevor er weitersprach: „Ich rufe dich gleich wieder an, okay? Gib mir ein paar Minuten." Dann wurde der Bildschirm schwarz. Er hatte aufgelegt. Mein Mund wurde trocken. Was sollte das? Mir war bewusst, dass diese Story für meinen Bruder sehr überraschend kam, dennoch hatte ich nicht mit einer so heftigen Reaktion gerechnet. Ich saß einfach da und starrte den Bildschirm meines Handys an.

Amanda hatte keine Ausrede gefunden, die gut genug gewesen wäre, um sich dieses Wochenende vor dem Besuch bei ihren Eltern zu drücken. Sie kramte die mädchenhaftesten Klamotten aus ihrem Schrank, die sie finden konnte, und machte sich dann auf den Weg. Bevor sie die Wohnung ihrer Eltern betrat und die nächsten Stunden einen Haufen Lügen auftischen würde, schrieb sie Paula eine Nachricht: „Ich hoffe, du verbringst einen ganz wundervollen Samstag und genießt die Sonne. Ich wünschte, ich könnte bei dir sein. Ich vermisse dich jede Sekunde. XO Amanda." Seufzend steckte sie das Handy weg und betrat die Wohnung ihrer Eltern. Ihre Mutter überschüttete sie direkt mit Fragen: „Wieso hast du dich so lange nicht mehr hier blicken lassen? Wieso trägst du nicht den hübschen Rock, den ich dir zum Geburtstag geschenkt habe? Deine Haare sehen offen so hübsch aus. Wieso nur bindest du sie immer zusammen?" Amanda war es gewohnt, diese Fragen mit einem charmanten Schulterzucken zu beantworten, und den Schmerz, den solche Fragen in ihr verursachten, einfach wegzulächeln. Sie wusste, dass ihre Eltern sie so, wie sie war, niemals vollkommen akzeptieren würden. Mit hängenden Schultern und einem genervten Gesichtsausdruck nahm Amanda am Wohnzimmertisch ihrer Eltern Platz. „Wann stellst du uns denn endlich mal den Mann vor, mit dem du in den letzten Wochen deine ganze Zeit verbringst? Du machst ja ein ganz schönes Geheimnis daraus", begann dann auch noch ihr Vater, sobald der Kaffee auf dem Tisch stand. „Wie kommst du darauf, dass ich jemanden treffe, Papa?", fragte Amanda unschuldig. „Oh, bitte. Du tauchst hier noch seltener auf als sonst schon, und wenn ich dich in den letzten Wochen angerufen habe, warst du nie erreichbar. Ich weiß, was das bedeutet." Jetzt sah auch ihre Mutter sie erwartungsvoll an. „Na gut, erwischt", gab Amanda zu. „Ich treffe mich mit jemandem. Wir lernen uns gerade kennen und lassen es langsam angehen. Es gibt also noch nicht viel zu erzählen." Sie hoffte, dass das Thema damit abgehakt war. Die Augen ihrer Mutter leuchteten und ihre Wangen waren vor Freude etwas gerötet, als sie losplapperte: „Wie schön! Amanda, mein Schatz, das freut mich ja so. Endlich. Das wurde ja auch mal Zeit, dass du einen Mann findest. Arbeit ist nicht alles im Leben, und du wirst nicht jünger. Er ist bestimmt ein toller Mann." Wie schaffte es ihre Mutter nur immer, sie innerhalb von wenigen Minuten in die Ecke zu drängen? Gereizt fragte sie zurück: „Was soll das denn heißen, ich werde nicht jünger?" Ihr Vater wollte die Stimmung retten und schaltete sich schnell ein: „Schatz, deine Mutter meint doch nur, dass wir uns manchmal Sorgen um dich machen. Wir wünschen uns einen netten Mann für dich, mit dem du deine eigene Familie gründen kannst. Ein normales Leben eben. Das tun doch alle Eltern." Er konnte natürlich nicht wissen, wie sehr diese Worte schmerzten. Wann immer ihre Eltern von einem „normalen Leben" sprachen, packte eine eiskalte Hand ihr Herz und zerquetschte es. In diesen Momenten zog sie sich in sich zurück und hasste sich dafür, dass sie ihren Eltern nicht all ihre Wünsche erfüllen konnte. Sie würde nie die perfekte Tochter sein und sie würde auch nie das perfekte Leben führen, das sie sich für sie wünschten.

Finn rief mich tatsächlich ein paar Minuten später zurück. Erleichtert darüber, dass er sich offensichtlich wieder beruhigt hatte, nahm ich den Anruf bereits nach dem ersten Klingeln an: „Finn. Ich hatte Angst, du rufst nicht mehr an", begann ich mit viel zu hoher Stimme. „Rede keinen Blödsinn, du bist meine Schwester. Also … ich habe da einige Fragen an dich, zu diesem Thema." „Ja, natürlich. Frag mich alles, was du willst", sagte ich sofort. Seine Stimme klang etwas zögerlich: „Also … ist es das erste Mal, dass du … also, dass du dich in eine Frau verliebt hast? Oder gab es das schon mal?" „Es ist das erste Mal. Sie ist die Erste. Mir ist das noch nie passiert, aber ich habe schon früher geahnt, dass mit mir etwas nicht stimmt", antwortete ich hastig. Seine Stimme wurde fester, während er protestierte: „Du bist in eine Frau verliebt, Paula. Das heißt nicht, dass mit dir etwas nicht stimmt. Denk so etwas nicht." Seine Worte ermutigten mich, ihm mehr zu erzählen, und so schilderte ich ihm die letzten Wochen recht ausführlich. Natürlich ließ ich die wilden und intimen Details in meinen Erzählungen aus, schließlich war Finn mein Bruder. Brüder wollen solche Dinge über die eigene Schwester gar nicht erst wissen. Seine ermutigenden Worte am Ende des Gesprächs, die wohl nur ein Bruder aussprechen konnte, waren: „Ich finde es cool, dass du endlich deinem Herzen folgst, aber erzähl es lieber erst einmal nicht unseren Eltern. Ich bin mir nicht sicher, wie sie es aufnehmen werden. Bei mir findest du aber immer ein offenes Ohr, versprochen." Das Gespräch mit Finn brachte mich zum Nachdenken. Ich hatte tatsächlich keine Ahnung, wie meine Eltern auf so eine Nachricht reagieren würden. Meine Eltern liebten mich und meinen Bruder über alles und wollten immer nur das Beste für uns. Auch wenn sie mich so liebten, wie ich war, kamen leise Zweifel in mir auf, ob sie mich auch in dieser Entscheidung unterstützen würden. Nicht etwa, weil Homosexualität ein Problem für sie gewesen wäre, sondern eher, weil sie mich mein ganzes Leben lang als eine andere Person gesehen hatten. Ich würde ihr Bild, dass sie von mir hatten, zumindest in einer Hinsicht komplett zerstören. Was, wenn sie es nicht ernst nahmen, oder sich von mir betrogen fühlten? Ich beschloss, die Sache zwischen mir und Amanda so lange es nur irgendwie ging für mich zu behalten. Die zweite Frage, die ich mir stellte, war: „War ich tatsächlich noch nie zuvor in eine Frau verliebt gewesen?" Ich begann mein Gehirn zu durchforsten und stellte fest, dass ich durchaus schon mal romantische Gefühle für Frauen empfunden hatte, diese aber nicht als solche wahrgenommen hatte. Vermutlich hatte ich es einfach nicht wahrnehmen wollen und es als Sympathie abgetan. Ich konnte mich an eine Mitschülerin erinnern, die ich im Unterricht oft angestarrt hatte. Es war mir damals schwergefallen, den Blick von ihr abzuwenden. Ich war erst sechzehn Jahre alt gewesen und hatte sie sehr attraktiv und anziehend gefunden, mich aber außerhalb des Unterrichts immer von ihr ferngehalten. Dieses Verhalten hatte ich in der Vergangenheit sehr oft gezeigt. Wenn ich eine Frau attraktiv oder hübsch gefunden hatte, hatte ich immer versucht, möglichst viel Abstand zwischen sie und mich zu bringen.

Hätte ich Amanda auf der Straße getroffen und nicht im Büro, wäre meine Reaktion wahrscheinlich die gleiche gewesen und ich hätte wohl schnell die Flucht ergriffen.

Als hätte der Besuch bei ihren Eltern nicht schon ausgereicht, um Amanda das Wochenende zu vermiesen, wurde sie vor ihrer Wohnungstür auch noch von Celine abgefangen. Amanda sah ihr schon von weitem an, dass sie sehr verärgert war. „Mist, das hat mir heute echt noch gefehlt", dachte Amanda grimmig. Bevor sie den Mund öffnen und Celine halbherzig begrüßen konnte, hörte sie schon deren lautes Schimpfen: „Du meldest dich seit Tagen nicht mehr, und wenn ich dich anrufe, drückst du mich weg! Jetzt muss ich schon hier vor deiner Haustür auf dich warten, um mit dir sprechen zu können! Was stimmt nicht mit dir?!" Das war Amanda dann doch zu viel. In ihr stieg langsam Frustration auf. Frustration über ihre Eltern und deren Kommentare und Frustration über Celine, die ihr permanent nur Stress und Vorwürfe machte. Dieses Mal konnte sie es nicht einfach mit einem Schulterzucken abtun. „Hör mal Celine, habe ich was verpasst? Wir sind weder zusammen noch verheiratet. Ich muss also nicht 24/7 für dich parat stehen!", knallte Amanda ihr unwirsch an den Kopf. Celine schnappte nach Luft und ihre Stimme wurde noch schriller als gewöhnlich: „Fick dich, Amanda. Fick dich! Sowas machst du nicht mit mir!" Bevor Amanda etwas darauf erwidern konnte, drehte sie sich auf dem Absatz um und lief wütend davon. „Puh, wütende Frauen sind wirklich die Hölle", murmelte Amanda, immer noch überrascht von dieser plötzlichen und heftigen Reaktion. Natürlich war ihr bewusst, dass ihre Antwort Celine gegenüber nicht gerade freundlich gewesen war, aber es war auch nicht die feine Art, jemandem vor der eigenen Haustür aufzulauern. Sie war froh darüber, Celine endlich losgeworden zu sein. Zumindest für diesen Augenblick.

Kapitel 15

Die letzten Wochen kamen mir vor wie ein Traum, ein wilder, wunderbarer und verrückter Traum. Obwohl jede Faser meines Körpers mit Glück erfüllt zu sein schien, fühlte ich mich in manchen Momenten auch sehr erschöpft. Die Gedanken in meinem Kopf ermüdeten mich. Ich spürte, dass ich irgendwann eine endgültige Entscheidung treffen musste, gegen Mister Perfekt und für mich und Amanda. Tat ich es nicht, würde mich diese Last auf meinen Schultern irgendwann in die Knie zwingen. Und es gab noch eine Sache, die mir nicht mehr aus dem Kopf ging. Ich begehrte Amanda so sehr wie noch keinen anderen Menschen zuvor. In meinen Gedanken hatte ich sie schon hundert Mal ausgezogen und ich stellte mir immer wieder vor, wie es wäre, Sex mit ihr zu haben. Es fiel mir allerdings schwer, mir diese Sache mit dem Dildo vorzustellen. Bei dem Gedanken an Amanda mit einem umgeschnallten Penis hörte meine Fantasie dann doch auf. Neben meinem Verlangen wuchs jedoch auch meine Neugier darauf nach und nach ins Unermessliche. „Ich werde es tun. Ich will endlich Sex mit dieser Frau. Ich halte das nicht mehr aus", murmelte ich vor mich hin. Erschrocken darüber, dass ich das wirklich laut ausgesprochen hatte, guckte ich mich hektisch im Büro um. Zum Glück war gerade niemand in der Nähe, der meine ausgesprochenen Gedanken hätte hören können. Puh, nochmal Glück gehabt. Bei der nächsten sich bietenden Gelegenheit würde ich es Amanda sagen.

Amanda erfand mal wieder einen Vorwand, um mit Paula im Aufzug des Bürogebäudes zu verschwinden. Kaum schlossen sich dessen Türen, drückte Amanda sie gegen die kühlen Wände des Aufzuges und stürzte sich auf ihre weichen Lippen. Sie küsste sie am Hals und hinterm Ohr, bis Paula eine Gänsehaut bekam. Paula drückte sie sanft zurück und nahm ihr Gesicht in beide Hände. Dabei sah sie ihr tief in die Augen und bat leise: „Bestell unser Sex-Spielzeug, bitte. Ich will es unbedingt." Amandas braune Augen weiteten sich, als sie überrascht zurückflüsterte: „Bist du dir wirklich sicher? Du willst Sex mit mir?" „Ja, und wie. Ich will es so sehr, dass ich es kaum noch aushalten kann." Amanda wusste nicht, ob Paulas Antwort sie dazu brachte, die folgenden Worte zu sagen, oder ob sie schon länger in ihrem Herzen schlummerten. „Ich liebe dich, Paula." Nachdem sie diesen Satz ausgesprochen hatte, überkam sie kurz ein bedrückendes Gefühl. Was wenn Paula nicht dasselbe ihr gegenüber fühlte? Doch die Angst legte sich sofort, als Paula erwiderte: „Ich liebe dich auch." Es klang so ehrlich aus ihrem Mund. Amanda konnte sich nicht erinnern, diese drei Worte jemals auf diese Weise gehört zu haben. Paula liebt sie! Sie konnte ihr Glück kaum fassen. Ihr Glücksgefühl mischte sich mit dem riesigen Verlangen nach Sex mit ihr.

Die restliche Woche verlief unspektakulär, zumindest bis ich die Nachricht von Amanda bekam, dass die Sex-Spielzeuge angekommen waren. Es versetzte mich in Aufregung. Da war es wieder, dieses Kribbeln in meinem Bauch, das sich unter meinem Bauchnabel ausbreitete und weiter nach unten wanderte. Einen Abend später lud Amanda mich zu sich nach Hause ein. Als ich den kurzen Weg zu Amandas Wohnung ging legte sich meine Nervosität. Ich beruhigte mich mit dem Gedanken, dass Amanda mich immer noch lieben würde, auch wenn heute Abend nicht alles so laufen sollte, wie es geplant war. Der erste Sex mit einer Person ist doch nie besonders gut. Man muss sich schließlich erst einmal aufeinander einspielen. Zumindest war das die Erfahrung, die ich in der Vergangenheit gemacht hatte. Ich betrat ihre kleine Altbauwohnung und kam kaum dazu, etwas zu sagen oder meine Schuhe auszuziehen. Amanda begann sofort, mich zu küssen und mir meine Jacke abzustreifen. „Wow", brachte ich überrascht zwischen ihren Küssen über meine Lippen. Sie sah mich etwas peinlich berührt an und meinte: „Tut mir leid, ich habe dich wirklich sehr vermisst." Ihre peinlich berührte Art und der unschuldige Blick brachten mich zum Lachen. „Lass mich nur kurz meine restlichen Sachen in der Garderobe aufhängen, bevor es weitergeht." Amanda hatte sich schnell wieder im Griff und zeigte mir die Wohnung, bevor wir auf dem Sofa Platz nahmen. Amandas Wohnung war schön eingerichtet, auch wenn sie mit Farben sehr sparsam umging: Die weißen Wände, schwarzen Möbel und ein graues Sofa ließen die Altbauwohnung modern, aber auch etwas steril wirken. Fotos oder Bilder, die Amanda, Freunde oder Familie zeigten, waren nirgends zu sehen. Es schien fast so, als würde Amanda auch in ihren eigenen vier Wänden darauf achten, nicht besonders viel von sich selbst preiszugeben. Diese Wohnung war ganz anders als meine, aber sie passte zu Amanda.

Amandas Aufregung und ihr Verlangen nach Paula ließen sie fast durchdrehen, kaum, dass Paula ihre Wohnung betrat. Sie wollte keine weitere Zeit verschwenden. Paula sah das offensichtlich genauso, denn sie setzte sich sofort auf ihren Schoß. Ihre Beine hatte sie angewinkelt, sodass sie sich in Amandas Schritt schmiegen konnte, und sah Amanda direkt in die Augen, als sie sie zu küssen begann. Paulas Küsse waren intensiver als je zuvor, zumindest kam es Amanda in diesem Moment so vor. Ihre Küsse verschlangen sie vollkommen. Sie packte Paula, als wäre sie leicht wie eine Feder, und trug sie in ihr Schlafzimmer. In Windeseile hatten sie sich gegenseitig ungeduldig die Klamotten vom Leib gerissen und Amanda beförderte Paula mit einem sanften Stoß aufs Bett. Paula stützte sich in Rückenlage auf die Ellbogen, um besser beobachten zu können, was Amanda mit ihr vorhatte. Einen kurzen Moment ließ sie ihren Blick über Paulas nackten Körper wandern, wie ein Raubtier, das seine Beute endlich erlegt hatte. Dann legte sie sich vor Paula auf den Bauch, schob sich langsam zwischen ihre Beine und drückte ihre Oberschenkel sanft mit beiden Händen auseinander. „Entspann dich. Genieß es einfach und sag mir, wenn ich etwas anders machen soll, okay?" Noch bevor Paula darauf antworten konnte, begann Amanda, die Innenseite ihrer Oberschenkel zu küssen. Mit jedem ihrer zarten Küsse arbeitet sie sich weiter nach innen vor. Jeder einzelne Kuss brannte wie ein kleines Feuer auf Paulas Haut. Wie konnte es sein, dass sie jetzt schon fast den Verstand verlor?

Ich befolgte Amandas Anweisung und ließ mich zurück in die Matratze fallen. Dabei atmete ich tief ein und aus und entspannte meine Oberschenkel, sodass meine Knie nach außen fielen und Amanda genug Platz hatte, um sich zwischen meinen Beinen auszutoben. Ihr Mund bahnte sich einen Weg zu meinem Kitzler, während sie sich nach oben küsste und leckte. Sie fuhr mit ihrer Zunge immer wieder über meine empfindlichsten Stellen und brachte mich mit kreisenden Bewegungen zum Durchdrehen. Wann immer ich kurz vor dem Höhepunkt stand, hört sie auf und fing erst dann wieder an, wenn sich das Zittern in meinem Oberkörper gelegt hatte. „Reiß dich noch etwas zusammen, Paula. Das ist doch erst der Anfang", flüsterte sie.

Amandas Verlangen wurde immer größer, während sie sich zwischen Paulas Beinen vergnügte. Nicht nur das Stöhnen, das Paula von sich gab, auch ihr Geschmack und ihr Geruch turnten sie an. Amanda spürte, wie schwer es Paula fiel, ruhig liegen zu bleiben, und wie ihr Oberkörper vibrierte, wenn sie immer und immer wieder mit der Zunge über ihren Kitzler fuhr. Sie liebte es, mit ihrer Lust zu spielen. Nachdem sie Paula dreimal fast in den Wahnsinn getrieben hatte, erhob sie sich und schob sich nach oben zurück, bis sie in Paulas glühendes Gesicht sehen konnte. „Oh Gott …" , kam leise aus Paulas Mund. „Nimm mich, sonst flipp ich aus." Das waren genau die Worte, die Amanda hören wollte. „Warte einen kleinen Moment", bat sie und begann, in der Nachttischschublade zu kramen. Amanda zog sich selbst ein schwarzes Höschen an, das an der Vorderseite mit einer Öffnung versehen war. Dann zog sie noch zwei Dildos aus der Schublade und wedelte damit vor Paulas Augen herum. „Pink oder Blau? Du darfst entscheiden."

Interessiert beobachtete ich, wie sich Amanda vorbereitete. Als sie mit den Dildos vor meinem Gesicht herumwedelte, musste ich tatsächlich lachen. „Wir nehmen den blauen", gluckste ich. „Interessante Wahl", bemerkte Amanda und begann, damit an ihrem Höschen herumzufummeln. Als sie sich wieder zu mir drehte, hatte sie den Dildo einmal durch die Öffnung des Höschens geschoben. Der Anblick war so befremdlich für mich, dass ich ein Lachen unterdrücken musste. „Wenn du lachst, werde ich dir die Augen verbinden", warnte Amanda ernst, was mich doch etwas nervös machte. Amanda schien es mir anzusehen. „Keine Sorge, wir starten ganz langsam. Versuch, dich zu entspannen", erklärte sie und küsste mich, während sie sich über mich und zwischen meine Beine schob. Vorsichtig führte sie ihn ein und begann erst sanft, dann etwas fester zuzustoßen. Überrascht davon, wie gut sich das anfühlte und vor allem wie echt, legte ich meine Arme um Amandas starke Schultern und ließ es einfach geschehen. Nach wenigen Minuten dachte ich nicht mehr daran, dass es ein Fremdkörper war, der gar nicht zu Amanda gehörte. Unsere Körper schienen irgendwie perfekt ineinander zu passen, wie zwei Puzzleteile, die sich ineinanderfügten. Ich wünschte mir, dass dieser heiße, lustvolle Moment niemals enden würde.

Amanda drang immer und immer wieder in Paula ein und spürte, wie sich diese mit jedem Stoß mehr und mehr hingab. Die Reibung durch die immer schneller werdenden Stoßbewegungen turnten sie mehr und mehr an, und der Anblick von Paulas nacktem und wunderschönen Körper ließ sie wild werden. Ihre kleinen, festen Brüste wippten sanft bei jeder Bewegung. Der flache Bauch und die schmale Hüfte, die sie ihr entgegenstreckte, taten ihr Übriges. Amanda kam bereits nach wenigen Stößen, wollte aber nicht aufhören. Wenn Paula ihre Arme um sie schlang und sie dicht an sich heranzog, befanden sie sich für einen Moment in einer anderen Welt. In dieser Welt konnte sie sich ihr einfach hingeben und musste nie wieder auftauchen. Amanda hatte es immer für ein Gerücht gehalten, aber das Gefühl, dass zwei Körper miteinander verschmelzen konnten, schien es wirklich zu geben.

Sex hatte sich noch nie so gut für mich angefühlt. Noch nie hatte ich eine so große Lust verspürt oder war so gierig nach einer Person gewesen, wie es mir in dieser Nacht mit Amanda ging. Ich hatte ja keine Ahnung, dass Sex mir so viel geben konnte. Amanda schien genauso überrascht zu sein von unserem ersten Mal, wie ich es war. Nach mehreren Stunden voll wilder Leidenschaft und einigen weiteren Höhepunkten lag sie schnell atmend neben mir und ihre Finger suchten meine. Wir fanden uns und sie drückte meine Hand fest, bevor sie sich auf einen Ellbogen stützte und mich ansah. Keiner von uns sagte für die nächste Minuten auch nur ein einziges Wort. Wir lagen einfach da und sahen uns an, während sie mit ihrer Hand sanft über meine Arme und Schultern streichelte, bis hinunter zu meinem Bauch. Ich schloss für einen kurzen Moment die Augen, um alles in mir aufzunehmen. „Ist alles ok?", fragte Amanda. Ich antwortete ihr mit noch immer geschlossenen Augen: „Ja. Ich versuche nur, mir alles genau einzuprägen, bevor es wieder vergeht. Diesen Moment und dieses Gefühl …" Sie ließ ihre Hand auf meinem Arm ruhen. „Das muss nie vergehen", flüsterte sie mir ins Ohr. Genau auf diese Antwort hatte ich so sehr gehofft.

Amanda fand es wunderbar, dass Paula in dieser Nacht bei ihr blieb. Normalerweise schlief sie unruhig, wenn jemand neben ihr lag, aber in dieser Nacht war es anders. Kaum hatte sie die Augen geschlossen, fiel sie in einen sehr tiefen und erholsamen Schlaf.

Ich kuschelte mich zufrieden an Amandas Schulter und schlief nach wenigen Minuten ein. Erst am kommenden Morgen wurde ich wieder wach, als sich Amanda von hinten an mich schmiegte und mich in ihre Arme zog. Sie küsste meinen Nacken, bis ich die Augen langsam öffnete und in das helle Morgenlicht blinzelte. „Kaffee?", fragte sie mit rauer Morgenstimme. „Oh ja. Sehr gerne", murmelte ich verschlafen. Sie sprang aus dem Bett, zog sich kurz ein T-Shirt über und verließ das Schlafzimmer. Wenige Sekunden später hörte ich das Brummen der Kaffeemaschine und beschloss, mich ebenfalls auf den Weg in die Küche zu machen. Auf dem Weg dorthin schnappte ich mir einen von Amandas Pullovern, der über einer Stuhllehne hing, und streifte ihn mir über. Amanda stand mit einer Tasse in der Hand an der Kaffeemaschine und sah zum Anbeißen aus, mit den schwarzen Locken, die ihr wild in alle Richtungen vom Kopf abstanden, und in ihrer kurzen Boxershorts, in der sich die Umrisse ihres Hinterteils leicht abzeichneten. Meine schmachtenden Blicke entgingen ihr nicht. „Dir scheint mein morgendliches Outfit zu gefallen, auch wenn es kein Ballkleid ist", bemerkte sie amüsiert. Erst jetzt erkannte ich, dass ich mir auf die Unterlippe gebissen hatte, während ich sie angegafft hatte, und wendete den Blick etwas peinlich berührt ab. „Dein Outfit ist besser als jedes Ballkleid!"

Amanda drückte Paula eine Tasse mit heißem, duftenden Kaffee in die Hand, gab ihr einen Kuss auf die Wange und hauchte ihr ins Ohr: „Mein Pullover steht dir!" Da es schon warm und sonnig auf ihrem Balkon war, schlurften sie ihren Kaffee dort und genossen die Sonne, die ihnen ins Gesicht schien. Amanda spürte, dass die letzte Nacht noch einmal etwas in ihrer Beziehung zueinander verändert hatte. Sie fühlte sich mehr als je zuvor mit Paula verbunden und hatte den Eindruck, dass dies ihre Gespräche noch ehrlicher und tiefgründiger gestaltete. Jede Geste, jede Bewegung und jedes Wort schien an diesem Morgen mit Liebe erfüllt zu sein. „Was machst du nur mit mir?", fragte Amanda und blinzelte Paula an. „Das Gleiche könnte ich dich fragen. Die letzte Nacht war wirklich der Wahnsinn." „Ja, das war sie. Hast du es dir so gut vorgestellt?" Paula musste nicht einmal eine Sekunde über ihre Antwort nachdenken: „Nein. Dass es sich so unglaublich gut anfühlen würde, habe ich nicht erwartet. Ich meine ... Ich hatte noch nie so guten Sex." Ihr Gesicht lief rot an bei diesen Worten. Amanda spürte, wie ihr Herz vor Freude wild schlug und sich kaum noch beruhigen wollte.

Wir ließen uns viel Zeit an diesem Morgen, und als ich ihre Wohnung verließ, um nach Hause zu laufen, spürte ich das erste Mal dieses leichte Gefühl der Freiheit. Natürlich spürte ich auch meine Beine, die Innenseiten meiner Oberschenkel und meinen Rücken. So musste sich dann wohl auch Muskelkater vom Sex anfühlen, stellte ich schmunzelnd fest. Ich muss ausgesehen haben wie eine Idiotin, mit diesem Dauerlächeln auf meinem Gesicht. Viele Menschen, die mir auf dem Heimweg an diesem Morgen entgegen kamen, sahen mich irritiert an. In Gedanken zuckte ich darüber mit den Schultern. Es war mir egal. „Sollen sie von mir doch denken, was sie wollen." Es war das erste Mal in meinem Leben, dass ich diesen Satz dachte und auch wirklich so meinte.

Kapitel 16

Nachdem ich erlebt hatte, wie gut sich Sex mit der richtigen Person anfühlen konnte, fiel es mir noch schwerer, mich regelmäßig bei Mister Perfekt zu melden. Obwohl wir offiziell kein Paar waren, hatte ich das Gefühl, ihn betrogen zu haben. Ich betrog ihn jede Sekunde, die ich an Amanda dachte. Gleichzeitig fiel es mir schwer, ihn ganz loszulassen. Er war die letzte Verbindung zu meinem „alten Leben" und zu meinem „alten Ich". Was, wenn das hier doch nur eine Phase war? Was, wenn ich ihn losließ, diesen perfekten Mann, der mich auf Händen trug, nur um dann eventuell später festzustellen, dass das alles nur ein blöder Irrtum war? Diese Überlegungen hielten mich davon ab, reinen Tisch zu machen und eine endgültige Entscheidung zu treffen. Meine Gedanken dazu behielt ich allerdings für mich. Ich wollte sie nicht mit Amanda teilen, und ich wollte und konnte sie auch sonst mit niemandem teilen. Mein schlechtes Gewissen wurde riesig groß, wenn er sich nach mir erkundigte und wissen wollte, was ich tat, woraufhin ich ihn dann immer anlügen musste. Oft erwiderte ich, dass ich noch im Büro war, obwohl ich bei Amanda war. Ich erfand Ausreden, um ihn an den Wochenenden nicht treffen zu müssen. Bei dem Gedanken, ihm in einem Restaurant oder Café gegenüber zu sitzen und ihm ins Gesicht zu lügen, wurde mir schlecht. Sex mit ihm zu haben konnte ich mir überhaupt nicht mehr vorstellen. Generell kam mir der Gedanke, jemals wieder mit einem Mann Sex zu haben, total absurd vor. Ich schämte mich, dass es mich regelrecht anwiderte. Trotz meiner abweisenden Art ihm gegenüber gab er jedoch nicht auf. Er bemühte sich, den Kontakt zu halten, und blieb immer freundlich, was mir das Ganze nicht gerade leichter machte. Irgendwann würde ich eine Entscheidung treffen müssen. Irgendwann.

Kapitel 17

Diese Nacht hatte unsere Beziehung noch einmal auf ein anderes Niveau gehoben. Es fiel uns schwer, uns im Büro zusammenzureißen und uns nichts, aber auch wirklich gar nichts anmerken zu lassen. Ein gieriger Blick hier, eine flüchtige unauffällige Berührung da. Bis zu diesem Zeitpunkt hatten wir immer sehr genau darauf geachtet, dass niemand etwas davon mitbekam und uns in der Öffentlichkeit gar als Paar erkannte. Umso überraschter war ich, als Amanda mich an einem Mittwochnachmittag um ein Date bat. Kurz bevor ich das Bürogebäude verlassen konnte, zog sie mich eng an sich heran und flüsterte: „Willst du heute Abend mit mir essen gehen?" „So richtig? In der Stadt?" Sie wirkte etwas belustigt über meinen ungläubigen Gesichtsausdruck, als sie antwortete: „Wo sonst? Um 19:00 Uhr hole ich dich ab." Sie ließ mir keine Zeit mehr, zu antworten, sondern drehte sich um und lief in ihr Büro zurück. Das war also tatsächlich ein richtiges Date. In der Öffentlichkeit. Natürlich würden wir uns nicht küssen oder andere Zärtlichkeiten austauschen, aber wir zeigten uns zusammen in der Stadt. Das war doch ein guter Anfang. Als ich zuhause war, fing ich sofort an, mich auf den Abend vorzubereiten. Ich duschte und brauchte eine

Ewigkeit, um mich für ein Outfit zu entscheiden. Als Krönung tupfte ich sogar einen kleinen Tropfen Parfüm auf die Stelle hinter meinem Ohr.

Der Gedanke, Paula auf ein Date in der Stadt einzuladen, spukte Amanda schon lange im Kopf herum. Paula hatte es nicht verdient, dass man sie verleugnete oder versteckte. Auch wenn sie sich darüber nie beschwert hatte, wuchs in Amanda die Angst, dass sie das eines Tages von ihr wegtreiben würde. Sie wollte sich wenigstens einen Abend lang normal fühlen. Als Paula ihr an diesem Mittwochabend die Tür öffnete, blieb Amanda für einen kurzen Moment der Mund offen stehen. „Stimmt etwas nicht?", fragte Paula unsicher. „Doch. Wow. Du siehst umwerfend aus." „Danke. Ich hab mich hübsch gemacht, nur für dich. Können wir gehen?", meinte sie mit einem verschmitzten Augenzwinkern. Dann schob sich Paula an ihr vorbei und lächelte sie zuckersüß an. Amanda konnte die Augen nicht von ihr lassen. Paula trug eine weiße enge Jeans und eine kurzärmelige, bunte Bluse. Die Sneakers passten perfekt zu ihrem Outfit und ließen sie sportlich und doch elegant aussehen. Jedes Mal, wenn ein Windstoß ihren blonden Bob verwuschelte, konnte Amanda ihr zartes Parfum wahrnehmen. Es roch leicht und frisch.

Es war ein perfekter Sommerabend. Wir wählten eines der vielen Steakrestaurants in der Altstadt für unser erstes Date. Amanda bestellte Rotwein für uns. Als die Gläser an den Tisch kamen und wir anstießen, musste ich schmunzeln. Wer hätte noch vor einigen Wochen gedacht, dass sie und ich hier einmal sitzen und auf „uns" anstoßen würden? Wie verrückt diese Welt doch manchmal war. Die ganze Szene erschien mir unwirklich. Diese perfekten Momente kennt man sonst nur aus romantischen Komödien, und selbst dort ging ab und zu etwas schief. Ich beschloss, diesen Abend einfach zu genießen, egal ob er perfekt werden würde oder nicht.

Amanda wollte diesen Abend nutzen, um Paula noch etwas mehr von sich selbst zu erzählen. Sie wollte ihr alles über ihre Familie erzählen, über ihr „Doppelleben", das sie seit Jahren führte. Amanda räusperte sich, stellt ihr Weinglas ab, und fing Paulas Blick ein. „Paula, ich möchte dir gerne noch ein bisschen was über mich erzählen. Also, über meine Familie und die ganze Situation." Paula sagte nichts. Sie nickte nur und sah sie dabei mit echtem Interesse an. Amanda fuhr fort: „Ich habe mich vor meiner Familie nie geoutet. Meine Eltern wissen von nichts, von gar nichts. Sie denken immer noch, dass ich auf der Suche nach einem Mann bin, den ich heiraten und mit dem ich eine eigene Familie gründen kann." „Wieso? Warum versteckst du dich? Was würden deine Eltern tun, wenn sie es wüssten?", Paula bemühte sich, sehr leise zu sprechen. Amanda senkte den Blick, als sie antwortete: „Sie wären schockiert darüber. Es würde nicht in ihr Weltbild passen. Meine Eltern wären sehr enttäuscht von mir und vermutlich würden sie …" Paula hakte nach: „Was würden sie?" Jetzt blickte ihr Amanda direkt in die Augen und meinte mit trauriger Stimme: „Sie würden den Kontakt zu mir abbrechen, vor lauter Enttäuschung." Amanda konnte Paula ansehen, dass sie nicht mit dieser Antwort gerechnet hatte. Ungläubig schüttelte sie den Kopf. „Aber wieso? Du hast doch nichts verbrochen! Ich kann das nicht glauben. Deine Eltern lieben dich. Alle Eltern lieben ihre Kinder."

Ich konnte nicht glauben, was ich da hörte. Sicherlich ist es nicht leicht, wenn das eigene Kind nicht den Idealvorstellungen entspricht, aber es zu verstoßen, das erschien mir als ein Ding der Unmöglichkeit. Doch gewiss nicht aufgrund der sexuellen Orientierung, die das eigene Kind hat. Der Gedanke daran brach mir fast das Herz. Amanda antwortete mir mit einem Schulterzucken. „Wieso das so ist, kann ich dir nicht sagen. Natürlich ist es kein Verbrechen. Jedenfalls denke ich deshalb, dass es das Einfachste wäre, ihnen nichts zu sagen." Ich gab mich mit dieser Antwort erst einmal zufrieden, fragte aber nach: „Möchtest du denn irgendwann heiraten und Kinder haben? Entspricht das deiner Vorstellung von einem glücklichen Leben?" „Ja, das möchte ich schon. Wieso nicht? Es ist alles möglich", entgegnete mir Amanda. „Und wie möchtest du das dann vor deinen Eltern verstecken? Denkst du nicht, sie würden es irgendwann erfahren? So etwas kann man unmöglich verbergen, Amanda." Darauf hatte Amanda keine richtige Antwort. „Naja, darüber mache ich mir dann Gedanken, wenn es so weit ist. Wäre es denn ein Problem für dich, als meine Freundin, das zu verstecken?" Ich musste nicht lange darüber nachdenken. Für mich war völlig klar, dass es kein Problem wäre, solange ich an Amandas Seite sein konnte. „Nein. Es wäre kein Problem für mich. Ich bin glücklich, wenn ich bei dir bin. Alles andere ist mir egal."

Amanda genoss das ehrliche Gespräch und war erleichtert darüber, dass Paula ihre Familiensituation zu verstehen schien. Als es langsam immer dunkler wurde, brachen sie auf und machten sich auf den Heimweg. Dabei spazierte sie dicht neben Paula. Sie konnte nicht anders, als nach ihrer Hand zu greifen. Dabei spürte sie, wie sich Paulas warme zarte Finger um ihre schlossen und ihre Hand leicht drückten. In diesem Moment konnte Amanda sich keinen Ort der Welt vorstellen, der sich besser und richtiger anfühlen konnte als dieser hier, mit Paula.

Amanda überraschte mich mit ihrer kleinen, liebevollen Geste. Ich hatte nicht damit gerechnet, dass sie in der Öffentlichkeit meine Hand halten würde. Meine Freude darüber war riesig und ich wollte sehen, wie weit ich an diesem Abend gehen konnte. Wir gingen an einem nicht beleuchteten Geschäft vorbei und ich nutze die Gelegenheit und zog Amanda schnell in den dunklen Hauseingang. Als sie mit dem Rücken an der Wand lehnte, fing ich an, sie zu küssen und genoss ihre warmen weichen Lippen auf meinen. Sie machte sich offensichtlich keine Gedanken darum, dass uns jemand sehen könnte, denn sie erwiderte meinen Kuss. An diesem Abend waren wir beide mutig. Vielleicht war es die Schuld des Rotweins, vielleicht war es aber auch der Wunsch danach, wir selbst sein zu können. Wir waren den gesamten Abend so sehr mit uns selbst beschäftigt, dass wir gar nicht bemerkten, dass wir beobachtet wurden.

Kapitel 18

Der Tag nach unserem ersten richtigen Date flog fast an mir vorbei. In Gedanken hing ich noch immer dem Abend zuvor nach. Es schien, als würde es Amanda genauso ergehen. Ab und zu ertappte ich sie dabei, wie sie verträumt vor sich hinblickte, statt auf den Bildschirm ihres Computers zu sehen. So musste es sich anfühlen, wenn einfach alles stimmte. In mir machte sich ein Gefühl von Frieden breit, das ich so noch nicht kannte. Die innere Unruhe verschwand langsam. Von mir aus hätte es immer so weitergehen können. Ich wünschte mir, dass die Zeit einfach stehen blieb und ich für immer in dieser wundervollen Blase voller Liebe würde leben können.

Amanda fiel die Arbeit an diesem Tag so leicht wie schon lange nicht mehr. Ehe sie sich versah, machte sie sich schon auf den Weg nach Hause. Gerade als Amanda den Schlüssel in der Haustür umdrehte und am Türknauf zog, hörte sie hinter sich eine Stimme. Celine. „Hi, Amanda." Amanda fuhr herum und erwiderte mit leicht genervter Stimme: „Celine, was willst du denn hier?" „Was habe ich dir bloß getan, dass du so genervt reagierst?", fragte Celine und verschränkte beleidigt die Arme vor der Brust. „Du fängst mich vor meiner Tür ab und machst mich blöd an, sonst nichts", dachte Amanda. Bevor sie ihre Gedanken laut aussprechen konnte, fuhr Celine fort: „Ich kenne den Grund dafür, dass du den Kontakt zu mir abgebrochen hast und dich nicht mehr meldest. Ich habe euch gestern zusammen gesehen, dich und deine süße Mitarbeiterin. Sie arbeitet doch für dich, oder? Ich bin mir nicht sicher, was dein Chef dazu sagen würde, Amanda." In Amanda stieg augenblicklich Hass und Wut auf. Dennoch versuchte sie, ruhig zu bleiben. „Was willst du damit sagen, Celine?" Die ging gar nicht erst auf ihre Frage ein, sondern fuhr mit leiser, bedrohlicher Stimme fort: „Und was werden deine Eltern dazu sagen, wenn sie wüssten, dass du mit Frauen ausgehst?" Amanda ging einen Schritt auf Celine zu. „Drohst du mir etwa?" Celine wich keinen Zentimeter zurück, sondern sah sie mit giftigen Augen an. „Ich weiß nicht, was du willst Celine. Ich darf ja wohl noch mit Mitarbeitern etwas essen gehen. Wo ist dein Problem?", versuchte sich Amanda aus der Affäre zu ziehen. „Amanda, wen versuchst du hier eigentlich zu verarschen? Ich habe euch Händchen halten sehen. Hältst du mich für dumm?" Celines Stimme wurde wieder schrill. Amanda ballte die Hände zu Fäusten und spürte, wie sich ihre Fingernägel schmerzhaft in ihre Handflächen bohrten. Celine schien diesen Moment zu genießen. Sie lächelte, als sie sagte: „An deiner Stelle würde ich das beenden, Amanda. Es wäre das Beste für dich und deine Freundin. Sonst könnte es sein, dass ich mich vielleicht versehentlich vor den falschen Leuten verplappere." „Du bist ein Miststück. Du solltest jetzt gehen", presste Amanda hervor, bevor sie sich umdrehte und im Haus verschwinden wollte. Doch Celine ließ sich nicht abschütteln. Sie bekam Amandas Arm zu fassen und zog sie unsanft zu sich heran. Überrascht zischte Amanda sie an: „Lass das! Lass mich sofort los." Celine stand so dicht an ihr, dass ihre Nasen sich fast berührten und Amanda ihren Atem auf ihrem Gesicht spüren konnte. „Überleg dir gut, was du tust, Amanda." Celines Stimme klang so bedrohlich, dass Amanda ein kalter Schauer über den Rücken lief. Das war zu viel. Fast schon panisch befreite sie sich mit einer ruckartigen Bewegung aus Celines festem Griff und trat einen Schritt zurück. „Celine, ich will dich nie wieder sehen. Lass mich in Ruhe." Die Kälte in Amandas Stimme ließ Celine kurz zusammenzucken. „Wie meinst du das?", fragte sie mit panischer Stimme. Amandas Stimme wurde noch kälter und sie betonte jedes einzelne Wort, als sie sagte: „Zwischen uns ist es aus. Ich will dich nie wieder sehen. Nie wieder!" Diese Worte hatten gesessen, das konnte Amanda an Celines entsetztem Gesichtsausdruck sehen. „Amanda … das … das kannst du nicht machen", stammelte Celine. Ohne ein weiteres Wort drehte sich Amanda um und verschwand im Hauseingang. Kaum betrat sie die Wohnung, wurde sie von ihren Gefühlen überwältigt. Ihr schossen die Tränen in die Augen und sie musste sich mit dem Rücken an die Wand im Flur lehnen. Ihre Beine gaben nach, bis sie auf dem Boden saß. Sie spürte, wie ihr dicke Tränen die Wangen herunter kullerten, und versuchte, sie mit zitternden Händen wegzuwischen. Amanda tat ihr Bestes, ihren Atem wieder unter Kontrolle zu bekommen und das Pochen in ihrem Kopf leiser werden zu lassen. In ihr tobte gleichzeitig Wut und Angst. Wieso war es ihr nicht vergönnt, glücklich zu sein? Wieso musste immer irgendjemand ihr Glück zerstören? Es dauerte einige Minuten, bis Amanda das Gefühl hatte, wieder festen Boden unter den Füßen zu haben. „Reiß dich zusammen. Es muss eine Lösung geben. Es ist bloß Celine", ermutigte sie sich selbst, bevor sie sich mit weichen Knien aufrappelte und Paulas Nummer wählte. Paula antwortete bereits nach dem zweiten Klingeln mit einem fröhlichen: „Hi, Amanda." Amanda fiel direkt mit der Tür ins Haus. „Paula. Ich habe ein Problem. Wir haben ein Problem." Paula unterbrach sie: „Weinst du? Was ist passiert?" Amandas Worte überschlugen sich. „Dieses Miststück hat mich vor meiner Wohnung abgefangen und hat mir gedroht. Ich weiß nicht, was ich machen soll. Sie hat uns gesehen gestern …" „Stopp. Amanda, eins nach dem anderen. Wer hat dich bedroht? Wer hat uns gesehen, und wo?" Paula klang verwirrt. Amanda schniefte, holte tief Luft und begann von vorne, sodass Paula ihr besser folgen konnte. „Bevor wir uns kennen gelernt haben, hatte ich ein paar Dates mit einer Frau. Sie heißt Celine. Als ich heute nach Hause gekommen bin, stand sie vor meiner Tür. Sie meinte, dass sie uns gesehen hat, und drohte mir, dass sie es meinem Chef und meinen Eltern steckt, wenn …", Ihre Stimme brach ab. Paula fragte ungeduldig: „Wenn was?" „Wenn wir das hier nicht beenden." Sie hörte, wie Paula tief Luft holte, dann folgten ein paar Sekunden unerträgliche Stille. Paula war die Erste, die ihre Stimme wieder fand: „Okay. Sie scheint sehr wütend auf dich zu sein, aber vielleicht beruhigt sie sich wieder. Wir sind doch alle erwachsene Menschen. Man kann das auch anders klären." Paulas zuversichtliche Worte ließen auch in Amanda wieder etwas Mut aufkeimen. „Vielleicht hast du Recht. Ich hoffe es, Paula. Ich möchte es nicht beenden." Paula beendete das Gespräch mit sanften Worten: „Dann werden wir das auch nicht, Amanda."

Ich hatte es mir am Telefon vor Amanda nicht anmerken lassen wollen, aber die Geschichte beunruhigte mich sehr. Sie war so aufgelöst gewesen. So hatte ich sie noch nie erlebt. Amanda war eine so mutige und zuversichtliche Person, dass es wirklich ernst sein musste, wenn sie etwas dermaßen aus der Fassung brachte. All das wegzuwerfen, was in den letzten Wochen entstanden war, kam aber auch für mich nicht in Frage. Schon gar nicht, weil eine enttäuschte, unzufriedene, wütende Furie das verlangte. Das kurze Gespräch mit Amanda hatte mich mal wieder nachdenklich gestimmt. Ich begriff, dass es einen immer angreifbar machte, Geheimnisse zu haben. Ich wollte nicht mehr angreifbar sein oder Menschen einen Grund geben, mich erpressen zu können. An diesem Abend beschloss ich, meinen Eltern möglichst bald alles zu erzählen und Mister Perfekt endlich vom Haken zu lassen. Wer angreifbar ist, wird niemals ganz frei sein.

Kapitel 19

Celine hatte vor Wut gekocht, nachdem sie Amanda und Paula zusammen gesehen hatte. Doch dass Amanda nun auch noch mit ihr Schluss gemacht hatte, konnte sie wirklich nicht fassen. Es machte sie noch zorniger. Zuerst war sie sich nicht sicher gewesen, ob Paula einfach nur eine Mitarbeiterin und Freundin war, mit der Amanda gerne Zeit verbrachte, oder ob da mehr lief. Nachdem sie aber beobachtet hatte, wie vertraut die beiden miteinander umgingen, war ihr alles klar geworden. Celine war sich absolut sicher, dass die zwei eine Affäre oder vielleicht sogar eine Beziehung hatten. Auf jeden Fall waren sie intim miteinander, das war klar. Sie kannte Amanda, die sich niemals auf diese Art und Weise mit einer Frau in der Öffentlichkeit zeigen würde. Es musste also ernst sein. Amanda hatte Gefühle für diese Paula. Sogar ihre Hand hatte sie gehalten, freiwillig. Auch der Kuss im dunklen Hauseingang war ihr nicht entgangen. Sie hatte mit ihrem Handy sogar Fotos von den beiden gemacht, viele Fotos. Jeden Moment, in dem die beiden vertraut miteinander umgegangen waren, hatte Celine auf ihrem Handy festgehalten. Sie war an diesem Abend in der Stadt unterwegs gewesen und hatte die beiden Turteltauben nur zufällig gewesen. Sie hatte eigentlich nicht vorgehabt, sie zu beobachten und ihnen dann noch bis nach Hause zu folgen, aber ihre Neugierde hatte sie dazu getrieben. Immer mehr Wut war dabei in ihrem Bauch aufgestiegen. Was fand Amanda nur an dieser Frau? Paula sah in Celines Augen so gewöhnlich aus, gewöhnlich und unscheinbar. Klar, sie war sicher nicht hässlich, aber sie schien auch nicht viel aus ihrem Aussehen zu machen. Sie trug kaum Make-Up, zog sich nicht besonders sexy an und betonte auch nicht ihre weiblichen Rundungen. „Vermutlich hat Paula in ihrem Leben auch noch nie High Heels getragen", dachte Celine bei sich. Was also zog Amanda so sehr an Paula an? Was bildete sie sich eigentlich ein? „Denkt sie tatsächlich, sie könnte mich einfach so abschütteln?". Jeder Gedanke an Amanda ließ Celine mehr und mehr aus der Haut fahren. Sie fühlte sich hintergangen und ausgenutzt von ihr. Monatelang hatten sie sich zu Dates getroffen und hatten Sex gehabt, ohne dass Amanda sich festlegen oder eine Beziehung hatte eingehen wollen. Celine hatte immer wieder gefragt, was genau das zwischen ihnen nun war, aber Amanda hatte auch diese Frage immer wieder abgeblockt und geschickt das Thema gewechselt. Und dann kam diese Paula und wickelte Amanda mit einer einzigen Verabredung um den Finger? In Celine wuchs der Hass. Sie begann, ihr Handy herauszuholen und sich die Fotos anzusehen. Sie zeigten verschiedene intime Momente zwischen den beiden. Auf einem der Fotos saßen sie am Tisch und lächelten sich verliebt an, auf einem anderen hielt Amanda Paulas Hand und sie schlenderten durch die Stadt. Eines zeigte sogar, wie sich die beiden küssten. „Es wäre doch schade, wenn niemand diese schönen Fotos sehen würde", dachte Celine. Noch an diesem Abend plante sie ihren Rachefeldzug gegen Amanda und Paula.

Kapitel 20

Während Amanda versuchte, die kommenden Tage zu überstehen und die Gedanken an die aufwühlende Begegnung mit Celine abzuschütteln, überlegte ich bereits, wie ich meinen Eltern am besten sagen konnte, was die letzten Wochen über passiert war. Ich nutzte die Zeit morgens beim Training vor der Arbeit, um mich auf mein Vorhaben vorzubereiten. Wenn ich auf dem Laufband vor mich hin joggte, jonglierte ich in meinem Kopf mit Wörtern. Der Sport half mir dabei, meine Nervosität besser unter Kontrolle zu bekommen. Es fiel mir nicht leicht, in meinem Kopf die richtigen Worte zu finden, aber ich wollte dieses Geheimnis endlich aus der Welt schaffen. Die Angst, mir könnte jemand zuvorkommen oder mich bloßstellen, beherrschte mich vollkommen. Ich hatte das Gefühl, dass diese ganze Liebesgeschichte mich und Amanda sonst noch in den Abgrund reißen würde. Wem sollte ich es zuerst gestehen? Meinen Eltern oder Mister Perfekt? Ich beschloss, dass es das Beste wäre, erst einmal Mister Perfekt aufzuklären und dieses Problem aus dem Weg zu schaffen, bevor ich mit meinen Eltern sprechen würde. Ich wählte einen Samstag dafür, denn diese Tage waren für so etwas hervorragend geeignet. An Samstagen hatte man den Kopf frei und genug Zeit, um ein klärendes Gespräch zu führen. Bereits einen Tag vorher lagen meine Nerven blank und jede Kleinigkeit ließ mich aus der Haut fahren. In meinem Kopf versuchte ich, die Worte und Sätze zu formen, die mich letztendlich von Mister Perfekt und dieser Beziehung befreien würden ... oder wie auch immer ich es nennen sollte. Keiner meiner Sätze oder meiner Erklärungen schien mir gut genug zu sein, um dem Menschen, der mich so sehr schätzte, mein wahres Ich zu zeigen. Amanda bemerkte zwar, dass mich etwas beschäftigte, hielt sich aber mit Kommentaren zurück. Ich teilte meine Gedanken über die gesamte Situation noch immer mit niemandem. Am Samstag saß ich bereits zwanzig Minuten vor der verabredeten Zeit in dem Café, in dem ich mit Mister Perfekt verabredet war. Ich hatte ihm am Telefon nur gesagt, dass ich mit ihm reden müsste, hatte ihm aber nicht erzählt, worum es ging. Er hatte auch nicht nachgefragt, sondern war sofort einverstanden. Mein Mund wurde trocken und ich räusperte mich nervös, als ich sah, wie er das Café betrat und sich suchend nach mir umblickte. Als er mich entdeckte, lächelte er mich charmant an und stand nach drei großen Schritten auch schon bei mir am Tisch. „Hi", sagte ich etwas heiser, während ich schnell aufstand, um ihn kurz zu umarmen. „Hi, Paula. Hier bin ich. Was wolltest du so Wichtiges mit mir besprechen? Ist alles in Ordnung?", fragte er, noch bevor er seine Jacke abgelegt und sich gesetzt hatte. Ich wartete einige Sekunden, bis er es sich bequem gemacht hatte und mich neugierig ansah. „Hör zu. Ich, ähm ... also, ich weiß nicht, wie ich das sagen soll ...", stotterte ich. In Gedanken tadelte ich mich selbst: „Paula, du hast so oft über die richtigen Worte nachgedacht, und jetzt kommt nur Müll aus deinem Mund." „Du kannst mir alles sagen, Paula. Nur raus damit", ermutigte er mich und lächelte mich an, doch das machte es nicht einfacher. Ich holte einmal tief Luft und begann von vorne: „Ich möchte dich nicht mehr treffen, denn das führt nirgendwo hin." Erwartungsvoll sah ich ihn an und beobachtete seine Reaktion. Er wirkte überrascht, aber nicht wütend oder beleidigt. „Okay. Das überrascht mich etwas. Wieso? Habe ich etwas falsch gemacht?" Ich hatte geahnt, dass er diese Frage stellen würde. Obwohl ich mir vor diesem Treffen jeden Satz tausend Mal zurecht gelegt hatte, war es alles andere als leicht, mein ausgearbeitetes Skript nun tatsächlich so vorzutragen, wie ich es geplant hatte. „Nein. Es liegt nicht an dir oder an etwas, das du getan hast. Wirklich nicht. Es liegt an mir. Ich ..." Wieder brach ich im Satz ab und suchte nach den richtigen Worten. Meine Hände krallten sich in das Stuhlpolster, doch er ließ mir Zeit und drängte mich nicht. „Ich habe mich in eine Frau verliebt", platzte es schließlich aus mir heraus. „Ich stehe auf Frauen. Ich will nicht mit einem Mann zusammen sein. Ich meine, ich kann nicht mit einem Mann zusammen sein. Ich kann mir einfach nicht mehr vorstellen, mit dir oder irgendeinem anderen Mann intim zu werden. So sehr ich es auch versuche, es geht einfach nicht mehr." Diese Worte kamen überraschend entschlossen aus meinem Mund. Jetzt sank Mister Perfekt in seinen Stuhl zurück und sah mich mit einer Mischung aus Enttäuschung und Überraschung an. Mister Perfekt wäre aber nicht er, wenn er sich nicht innerhalb von Sekunden wieder im Griff hätte. Er erwiderte mit sanfter Stimme: „Darauf wäre ich nie gekommen, Paula, aber wenn es so ist, dann kann ich daran nichts ändern. Ich muss deine Entscheidung akzeptieren. Mir ist wichtig, dass du glücklich wirst. Ich wünschte nur, du hättest es mir ein bisschen früher gesagt. Es hätte die ganze Situation für uns beide leichter gemacht." Ich hatte mit jeder Reaktion gerechnet, aber am wenigstens mit dieser. Ich hatte mich auf seine Wut oder seinen verletzten Stolz vorbereitet, auf böse Worte. Worte, mit denen ein gekränkter Mensch in so einer Situation eben um sich wirft. Nicht im Traum hatte ich daran gedacht, auf Verständnis und solche lieben Worte zu treffen. Erträglicher machte es die Situation für mich aber nicht, ganz im Gegenteil: Ich hasste mich in diesem Moment dafür, dass ich einem so liebevollen Menschen wehtun musste und ihn zurückwies. In diesem Moment wurde mir alles zu viel. Der Raum erschien mir auf einmal zu klein und ich hatte das Gefühl, die Wände erdrückten mich. In meinem Hals stieg ein erdrückendes Gefühl auf, als würde ich gleich ersticken. „Entschuldige. Ich muss gehen", murmelte ich hastig, und sprang auf. Ich schnappte meine Jacke und hechtete zur Tür des Cafés. Den Weg nach Hause rannte ich so schnell ich konnte und blieb erst stehen, um nach Luft zu schnappen, als ich die Wohnungstür hinter mir ins Schloss fallen hörte. Das drückende Gefühl in meinem Hals war plötzlich verschwunden. Meine Lungen brannten schmerzhaft bei jedem Atemzug. Ich stand in meiner kleinen Wohnung, die Hände auf die Oberschenkel gestützt, und rang nach Atem. Auf meinen Wangen spürte ich warme, nasse Tränen. Endlich ließ ich alle Dämme in meinem Herzen brechen und genoss es, wie die heißen Tränen der Erleichterung über meine Wangen, meine Nase und meinen Hals kullerten. Mit etwas unsicheren Schritten wankte ich ins Badezimmer und stützte beide Hände auf dem Waschbecken ab. Nach einigen Sekunden blickte ich in den Spiegel und sagte zur mir selbst: „Ich habe es geschafft. Ich habe es wirklich getan." Ein Gefühl der Erleichterung überrollte mich schlagartig. Erst in diesem Moment begriff ich, was ich da gerade getan hatte. Einen kleinen Teil meiner Last hatte ich endlich abgeworfen. Nach der Erleichterung überkam mich Müdigkeit. Ich fühlte mich so erschöpft, als wäre ich einen Marathon gelaufen. Ohne weitere Umwege ging ich auf wackeligen Beinen ins Wohnzimmer und legte mich aufs Sofa. Ich hätte keinen einzigen Meter mehr laufen können. Meine Augenlider brannten und fühlten sich tonnenschwer an. Kurz nachdem mein Kopf das weiche Sofakissen berührt hatte, schlief ich auch schon ein.

Amanda konnte die Angst, die sie seit dem Gespräch mit Celine verfolgte, nicht mehr abschütteln. Ständig hatte sie das Gefühl, beobachtet zu werden. Bei jedem Telefonklingeln zuckte sie zusammen. Der Gedanke, dass Celine ihr das bisschen Hoffnung auf Freiheit sofort wieder genommen hatte, ließ heiße Wut in ihr aufsteigen. Celine war in der Lage, ihr alles zu nehmen, was sie sich in den letzten Jahren mühevoll aufgebaut hatte. Sie konnte das Verhältnis zu ihren Eltern zerstören und ihr somit ihre Familie nehmen.

Sie konnte dafür sorgen, dass Amanda ihren Job verlor, wenn sie mit jemandem in der Firma darüber sprach. Und noch dazu wollte sie sie dazu zwingen, Paula aufzugeben. Amanda machte sich Vorwürfe: „Ich hätte vorsichtiger sein sollen. Das Date mit Paula mitten in der Stadt war ein Fehler. Wir hätten uns im Hintergrund halten sollen. Ich hätte so eine verrückte Frau wie Celine niemals daten sollen. Ich hätte das alles mit Celine schon viel früher beenden sollen. Wieso habe ich Paula da mit reingezogen?" Darüber machte sich Amanda derzeit die meisten Sorgen. Sie wollte auf keinen Fall, dass Paula zu irgendeinem Schaden kam. Nein, das war ihr Problem. Celine war impulsiv und unberechenbar. Wer wusste schon, was sie vorhatte? Diese Frau konnte ihr Leben mit einem einzigen Fingerschnippen ruinieren.

Nach einigen Stunden hatten sich meine Gefühle und meine Gedanken wieder etwas beruhigt. Als ich auf der Couch wach wurde, fühlte ich mich schon viel besser. Meine Augen waren nicht mehr so geschwollen und mein Kopf fühlte sich nicht mehr so schwer an. Jetzt war ich bereit für die zweite

Runde, also rief ich meinen Bruder Finn an. Er war überrascht über meine plötzliche Entscheidung, aber auch erleichtert. Er versicherte mir, mich zu unterstützen. Er war es auch, der mich ermutigte, nun auch mit meinen Eltern darüber zu sprechen. Da diese mehrere hundert Kilometer entfernt wohnten, beschloss ich, es ihnen am Telefon zu sagen, auch wenn es persönlich sicherlich besser gewesen wäre. Ich konnte nicht mehr länger warten. Meine Mutter nahm bereits nach dem zweiten Klingeln ab und hatte offensichtlich meine Nummer auf dem Display gesehen. „Hallo, Paula! Wie schön, dass du dich meldest. Geht es dir gut?" Auch dieses Mal beschloss ich, gleich mit der Wahrheit rauszurücken, und meinte direkt ohne Ausflüchte: „Mama, ich habe mich in eine Frau verliebt. Ich stehe auf Frauen." Diese beiden Sätze kamen mir beim zweiten Mal an diesem Tag schon viel leichter über die Lippen. Darauf folgte sekundenlanges Schweigen auf der anderen Seite der Leitung. Ich ließ ihr Zeit und sagte nichts weiter. Glücklicherweise reagierte meine Mutter eher neugierig anstatt negativ auf mein plötzliches Geständnis. Sie begann, Fragen zu stellen: „Aber was ist mit dem netten Mann, mit dem du dich in den letzten Monaten getroffen hast? Wer ist die Frau, in die du dich verliebt hast? Warst du davor auch schon mal in eine Frau verliebt?" All ihre Fragen beantwortet ich ihr bereitwillig und ehrlich. Sie war sehr gründlich und klapperte alle Namen der Freundinnen ab, die ich von der ersten Klasse bis zur Uni je gehabt hatte, um zu fragen, ob da jemals mehr als Freundschaft gewesen war. „Nein. Mama, nur weil man auf Frauen steht, steht man nicht auf jede, die einem über den Weg läuft." Ich musste lachen. Zu meiner Erleichterung hörte ich auch von der anderen Seite der Leitung ein Kichern. Mit solchen, in meinen Augen absurden Fragen hatte ich nicht gerechnet. Ich bemerkte, dass es für sie etwas befremdlich war, dass die Neugier dann aber doch siegte. Am Ende des Gesprächs wusste sie alles über Amanda. „Wenn es dich glücklich macht, dann ist es wohl der richtige Weg, den du da eingeschlagen hast, auch wenn ich mir für dich etwas anderes gewünscht hätte." „Wie genau meinst du das? Was hättest du dir gewünscht?" Meine Fragen kam lauter und harscher als beabsichtigt über meine Lippen. Sie schien zu überlegen, wie sie es am besten formulieren konnte, und ich hörte sie einmal tief Luft holen, bevor sie erwiderte: „Naja, ich hätte mir den leichteren Weg für dich gewünscht. Den normalen Weg." Mit jedem Wort, das sie sagte, klang sie unsicherer. „Mit normal meinst du vermutlich heterosexuell. Wieso denkst du, dass es leichter ist, heterosexuell zu sein?" Ich achtete darauf, meine Stimme möglichst sachlich klingen zu lassen. „Man hat es immer schwerer, wenn man von der Norm abweicht, Paula. Es wird immer Menschen geben, die das nicht akzeptieren. Das meine ich damit. Ich hätte dir das gerne erspart. Ich wünsche das keinem Menschen, erst recht nicht meiner eigenen Tochter." Ich wusste, dass sie es nicht böse meinte in diesem Moment, aber ihre Worte trafen mich trotzdem. „Es ist doch nichts, was ich mir ausgesucht habe, Mama. Denkst du etwa, ich hatte eine Wahl?" „Paula, du warst in der Vergangenheit immer mit Männern zusammen. Vielleicht ist es ja jetzt nur so eine Phase, in der du steckst." Und nochmal ein winziger Seitenhieb, der mich aber wie ein Schlag ins Gesicht traf. „Hör zu. Ich war nie glücklich. Niemals. Nicht mit den Männern, die ich hatte, nicht mit dem Studium, durch das ich mich zwingen musste, und auch nicht wirklich mit dem langweiligen Job, den ich gerade habe. Selbst wenn es nur eine Phase sein sollte, dann ist es die schönste Phase meines Lebens. Ich bin das erste Mal wirklich glücklich. Und ich hoffe, dass ihr das irgendwann versteht und akzeptiert." Meine Worte klangen fest und entschlossen und meine Mutter lenkte ein: „Paula, du weißt, dass wir dich so lieben, wie du bist, und dass wir wollen, dass du glücklich bist. Gib uns etwas Zeit, um das zu verdauen, ja?" „Okay." Mit diesem Satz beendete ich das Telefonat. Natürlich hatte mein Vater das ganze Gespräch über die Lautsprecherfunktion des Telefons mitgehört. Er hielt sich mit Äußerungen dazu zurück, war aber mit Sicherheit der Meinung meiner Mutter. All diese Informationen waren so absurd und neu für meine Familie, vermutlich musste ich ihnen tatsächlich einfach etwas Zeit geben, um alles zu verstehen. Nachdem ich erlebt hatte, wie gut es tat, die eigene Familie in seine Geheimnisse einzuweihen, konnte ich nicht glauben, dass es auch anders laufen konnte. Wie konnte es sein, dass der eigene Vater oder die eigene Mutter anders reagierten als mit Interesse, Liebe oder Verwunderung? Wie konnte es sein, dass man sich vor genau diesen Menschen verstecken musste wie Amanda es tat? Allein der Gedanke daran war so schlimm, dass ich es kaum ertragen konnte.

Amanda wunderte sich, als an diesem Samstagabend ihr Handy klingelte und Paula sie fragte, ob Amanda bei ihr vorbeikommen könnte. Paula war die letzten Tage nicht abweisend, aber doch sehr reserviert gewesen. Auch an diesem Samstag hatte sie sich tagsüber kein einziges Mal gemeldet. Trotzdem machte sich Amanda sofort auf den Weg zu ihr. Zehn Minuten später stand sie vor Paula, die zwar müde, aber glücklich aussah. „Was gibt es so Dringendes? Ist was passiert?" Noch während Amanda das fragte, zog Paula sie in die Wohnung und begann, sie leidenschaftlich zu küssen. Amanda erwiderte ihre Küsse und legte ihre Arme um Paula. Nach dieser stürmischen Begrüßung hakte Amanda nochmal nach: „Möchtest du mir sagen, was los ist? Du warst gestern so … abwesend, und heute knutscht du mich wie wild." Paula wartete, bis Amanda auf dem Sofa Platz genommen hatte, bevor sie ihr detailliert erzählte, was in den letzten Stunden passiert war. „Ich habe mich mit Mister Perfekt getroffen. Also, es war kein Date oder so. Ich habe ihm gesagt, dass ich ihn nicht mehr treffen möchte, weil ich auf Frauen stehe." Bereits nach den ersten Sätzen weiteten sich Amandas Augen aufgeregt. Doch Paula fuhr fort: „Danach habe ich meine Eltern angerufen und es ihnen ebenfalls erzählt." Amanda fragte nach: „Was genau hast du ihnen erzählt?" „Ich habe ihnen erzählt, dass ich mich in dich verliebt habe und dass ich auf Frauen stehe." Jetzt breiteten sich auf Amandas Hals vor Aufregung kleine rote Flecken aus. „Ich kann nicht glauben, dass du das wirklich getan hast, Paula. Wie haben sie reagiert?" „Natürlich waren sie nicht begeistert. Sie haben nicht mit so einer Information gerechnet, aber sie haben es ganz gut aufgenommen, denke ich. Zumindest haben sie nichts Negatives dazu gesagt."

Jetzt atmete Amanda erleichtert aus und erkundigte sich weiter: „Wie kommt es, dass du es ihnen jetzt plötzlich sagst?" Sie kannte die Antwort schon, bevor Paula sie aussprach. „Es gibt verschiedenen Gründe dafür. Einerseits belastet mich dieses Geheimnis schon seit Wochen. Ich möchte keine Geheimnisse vor meinen Eltern haben oder mich selbst weiter belügen. Außerdem macht es mich angreifbar, genau wie dich. Ich möchte frei sein. Und wenn ich das schon im Büro nicht bin, dann doch wenigstens bei meiner eigenen Familie." In Amandas Bauch zog sich alles zusammen. Sie wusste, dass Paula mit jedem Wort, das sie sagte, recht hatte.

Ich bemerkte, dass meine Antwort Amanda traf. Es stimmte sie nachdenklich. Sie sagte nicht viel dazu, umarmte mich aber lange. Ich konnte spüren, dass ihr die Angst vor Celine noch immer in den Knochen saß. An diesem Abend hatten wir Sex, der nochmal alles übertraf, was ich bis dahin erlebt hatte. Er war nicht wild, sondern innig und liebevoll. An diesem Abend berührte Amanda mein Herz mehr als je zuvor. Ihre Hände waren zärtlich und ihre Lippen weich wie Samt. Ich tauchte ab in eine warme liebevolle Welt. Ich konnte mir nicht mehr vorstellen, jemals ein Leben ohne diese Frau zu führen.

Kapitel 21

Als Amanda am Montagmorgen ins Büro kam, konnte sie noch nicht ahnen, dass ihr Leben nie wieder so sein würde wie in den letzten Wochen und Monaten. Noch bevor sie ihre Wohnung verließ, hatte sie ein seltsames Gefühl im Bauch. Dieses Gefühl wurde mit jedem Schritt in Richtung des Bürogebäudes stärker. Was es genau war, konnte sie nicht sagen, aber es machte sie nervös. Sie versuchte, es einfach zu ignorieren, und beschleunigte ihre Schritte. Amanda konnte nicht ahnen, dass Celine sich an diesem Morgen ihren Wecker früher als sonst gestellt hatte, um ihren Plan in die Tat umzusetzen. Celine hatte den Moment genutzt, als der Postbote das Bürogebäude betreten hatte, und sich hinter ihm fast unsichtbar durch die Eingangstür geschlichen. Sie war an den Büroräumen vorbeigelaufen. Nur ein einziger Mitarbeiter war bereits anwesend gewesen, der jedoch in die Exceltabellen auf seinem Computerbildschirm vertieft gewesen war und Celine nicht bemerkt hatte. Sie hatte nach einem guten Platz gesucht, um eines der Fotos von Amanda und Paula aufzuhängen. Als sie die Kaffeeküche entdeckte, hatte sie schmunzeln müssen. Es gab wohl keinen perfekteren Platz für Klatsch und Tratsch als die Kaffeeküche eines Büros. Eine Minute später hatte sie das Bürogebäude lächelnd mit schnellen Schritten wieder verlassen. Eine Stunde später betrat Amanda die Kaffeeküche, in der bereits drei ihrer Mitarbeiter mit vollen

Tassen in der Hand standen. Das Murmeln ihrer Kollegen verstummte mit einem Schlag. „Was ist los? Ist jemand gestorben?", fragte Amanda und sah sich verwundert um. Zwei ihrer Mitarbeiter starrten auf den Boden. Bill nickte mit dem Kopf in Richtung Infowand, die in der Küche angebracht war, sagte aber kein Wort. Diese Wand wurde normalerweise für die interne Kommunikation in der Firma genutzt. Amanda trat einen Schritt näher an das braune Pinnbrett heran und begutachtet es genauer. Sie konnte nicht glauben, was sie da sah. „Dieses verdammte Miststück", presste sie zwischen zusammengebissenen Zähnen heraus und spürte, wie sich die kleinen Muskeln in ihrem Unterkiefer schmerzhaft anspannten. Sie strich sich über die Augen, in der Hoffnung, dass sie sich nur verguckt hatte, doch auch der zweite Blick, den sie auf das Pinnbrett riskierte, war nicht besser. An der Wand hing ein DIN-A-4 großer Ausdruck mit einem Foto von Amanda und Paula. Es musste an dem Abend geschossen worden sein, an dem sie das Date in der Stadt gehabt hatten, und zeigte sie beide, wie sie am Tisch saßen. Sie sahen auf diesem Foto sehr vertraut miteinander aus. Es hielt einen Moment fest, in dem sich Amanda zu Paula herübergelehnt hatte, um ihr leise etwas ins Ohr zu flüstern. Als wäre das nicht genug, stand in großer roter Schrift darunter: „Das Traumpaar 2020." Amanda konnte außerdem zehn rote Herzchen zählen, die um das Foto herum gezeichnet worden waren. Es war wie ein Schlag ins Gesicht. Wütend drehte sich Amanda zu ihren gaffenden Mitarbeitern um und rief im Befehlston: „Habt ihr nichts zu tun? Ihr werdet nicht fürs Kaffeetrinken bezahlt." Schnell schlichen alle zurück in ihre Büros. Amandas Beine gaben nach, sodass sie sich auf einen der Stühle setzen musste. Sie blieb minutenlang regungslos so sitzen und versuchte, ihren schnellen Atem wieder unter Kontrolle zu bringen. Ihr Herz raste in ihrem Brustkorb. Es kam ihr vor, als würde ihr Herz immer wieder feste gegen ihre Rippen schlagen, bis es irgendwann durchbrechen würde. Sie schloss die Augen und versuchte, den wilden Sturm in ihrem Körper zu beruhigen. Genau das hatte sie vermeiden wollen. Genau das hätte nicht passieren dürfen. „Amanda? Wieso gucken mich heute alle so seltsam an?" Amanda zuckte zusammen, drehte sich um und sah, wie Paula ungeschickt in die Küche stolperte. In Paulas Gesicht erkannte sie die Verwirrung über das Verhalten ihrer Kollegen. Noch bevor sie ihr eine Antwort geben konnte, stand sie schon neben ihr und starrte auf die Pinnwand. Die Verwirrung löste sich auf und wurde durch einen erschrockenen Gesichtsausdruck mit weit aufgerissenen Augen ersetzt. Amanda kam kein Wort über die Lippen.

Fast automatisch griff meine Hand nach dem Foto, das Amanda und mich zeigte. Ich risse es ab und begutachtet es. Mein Gesicht wurde heiß, während mir ein eiskalter Schauer über den Rücken kroch. Heiß, kalt, heiß, kalt. Immer wieder. „Celine. Das war Celine." Mehr brachte ich nicht heraus. Ich ließ mich auf den Stuhl neben Amanda sinken. Ihr Gesichtsausdruck war leer, ihre Augen blickten stur geradeaus und sie vermied es, mir in die Augen zu sehen. „Richtig. Ich hätte wissen müssen, dass das passieren wird. Ich habe es versaut, Paula." Erstaunlicherweise hatte ich mich schnell wieder im Griff. Ich wollte sie beruhigen: „Nein. Das ist Quatsch, Amanda." Sie sah mich immer noch nicht an, sondern stand auf und sagte mit fester Stimme: „Ich regle das. Mach dir keine Sorgen." Sie ließ mich auf meinem Stuhl zurück und verließ die Küche. Dabei wirkte sie sehr entschlossen, aber auch eiskalt. Diesen harten, versteinerten Gesichtsausdruck hatte ich bei ihr noch nie gesehen. Er machte mir Angst. Ich betrachtete das Foto, das ich immer noch in der Hand hielt. Unter anderen Umständen wäre es ein sehr schönes Bild gewesen. Es hatte einen sehr schönen Moment eingefangen. Einen wunderbaren Moment, der uns jedoch in echte Schwierigkeiten bringen könnte. Ich zerknüllte das Foto in meiner Faust und ließ es in meiner Jackentasche verschwinden. Vielleicht hatten es noch gar nicht viele meiner Kollegen zu Gesicht bekommen, versuchte ich mich zu beruhigen. Mein Unterbewusstsein flüsterte, dass das Schwachsinn war. Nicht umsonst hatten mich heute früh alle Kollegen so seltsam angesehen. Ich war mir schon auf den ersten Metern im Büro vorgekommen wie ein Tier im Zoo. Ein seltenes Tier. Eines, dass man immer schon mal sehen wollte, es dann aber doch lieber aus der Ferne betrachtete, mit genug Abstand. Ich schlich in mein Büro zurück und hielt dabei den Blick gesenkt. Als Bill mich an der Bürotür reinkommen sah, wandte er sich schnell dem Bildschirm seines Computer zu. „Guten Morgen", murmelte er leise. Lautlos nahm ich an meinem Schreibtisch Platz und begann, zu arbeiten. Es war so still im Raum, dass die Geräusche meiner Computertastatur lauter als sonst schienen. Jedes Mal, wenn einer meiner

Finger eine Taste herunterdrückte, ertönte ein viel zu lautes Knallen, fast so wie die Schüsse aus einem Maschinengewehr. Ich begann, möglichst flach zu atmen, um keine weiteren Geräusche zu verursachen. Ich wollte unsichtbar sein, niemand sollte mich hören oder sehen. Ich wollte einfach nicht wahrgenommen werden. Den ganzen Tag vermied ich es, mein Büro zu verlassen. Amanda schien das Gleiche zu tun, denn ich sah sie kein einziges Mal. Die neugierigen und belustigten Blicke meiner Kollegen versetzten mir immer wieder einen Stich. Ich tat mein Bestes, um sie einfach zu ignorieren, aber leicht war es nicht. Überhaupt nicht.

Amanda verließ ihr Büro an diesem Tag nur, um auf die Toilette zu gehen. Sie konnte das Murmeln der Kollegen hören und spürte die bohrenden Blicke in ihrem Rücken. Wieso starrten sie sie dermaßen an? Wie schön es doch wäre, durchsichtig zu sein. Die Blicke würden dann einfach durch sie hindurchfliegen, ohne sie besonders zu treffen. Sie würden sie sanft streifen, mehr nicht. Es trieb ihr Tränen der Wut in die Augen, die sie tapfer wegzublinzeln versuchte. Dieser Tag konnte nicht schnell genug vorbeigehen. Sie hoffte, dass es der erste und letzte Versuch von Celine war, ihr Leben zu ruinieren. Amanda war sich nicht sicher, ob sie noch einen solchen Schlag in ihr Gesicht würde ertragen können. Morgen würde die Welt schon wieder ganz anders aussehen, bestimmt. Vielleicht fanden ihre Mitarbeiter ja ein anderes Thema, über das sie sich ihr blödes Maul zerreißen konnten. Amanda und Paula sprachen an diesem und am folgenden Tag kein Wort miteinander. Beide schienen wie gelähmt zu sein von dieser Racheaktion.

Diese Achterbahn der Gefühle machte mich noch verrückt. Am Wochenende zuvor war ich einen großen Schritt vorangegangen. Nach dem Gespräch mit meinen Eltern und Mister Perfekt war ich glücklich und mutig in die neue Woche gestartet. Diese Aktion von Celine zerstörte die positiven Gefühle innerhalb von Sekunden. Wie konnte es sein, dass mein Leben von einer Sekunde auf die andere so leicht auf den Kopf gestellt werden konnte? Das Leben konnte echt eine Bitch sein.

Kapitel 22

Amanda hatte sich getäuscht. Am nächsten Tag schien es noch um einiges schlimmer zu sein. Meine Kollegen schienen nun erst richtig in Fahrt zu kommen. Statt Blicke hagelte es nun Kommentare von allen Seiten. Da sie sich nicht trauten, es vor Amanda zu sagen, durfte ich mir dafür diese Kommentare anhören. Kollegen, mit denen ich bereits seit Jahren zusammenarbeitete, fragten nun spöttisch: „Na, ist das andere Ufer doch grüner?" und „Ihr scheint euch ja offensichtlich ein bisschen zu lieb zu haben". So ging es den ganzen Tag. Ich schenkte dem ein oder anderen dämlichen Kommentar ein müdes Lächeln und schwieg. Was würde es auch bringen, darauf etwas zu erwidern? Sie hatten sich ihre Meinung bereits über uns gebildet. Würde das jemals wieder aufhören? Und wo war Amanda heute eigentlich? Ich konnte sie weder in ihrem Büro noch in der Kaffeeküche oder in einem der anderen Räume finden, also schrieb ich ihr eine Nachricht auf WhatsApp: „Wo bist du? Geht es dir gut? Es ist heute noch viel schlimmer als gestern. Help." Amanda kam online und ging wieder offline, online und offline, aber eine Antwort bekam ich nicht.

Amanda ging an diesem Tag nicht ins Büro. Sie wurde bereits früh am Morgen von ihrem Vorgesetzten angerufen und gebeten, in der Zentrale zu erscheinen. Bereits während des Telefonats hatte sich ihr Magen vor Aufregung fast umgedreht. Sie wusste nicht, was sie erwarten würde. Außerdem bekam sie Magenkrämpfe bei dem Gedanken, Paula mit all diesen Blicken und Kommentaren im Büro allein zurückzulassen. Paulas Nachricht verhieß nichts Gutes, aber wie konnte sie ihr jetzt helfen? Ihre Nerven waren gespannt wie Drahtseile. Sie wusste nicht einmal, was sie ihr antworten sollte. Ihre Knie waren weich, als sie das Gebäude der Zentrale betrat und mit dem Aufzug in den fünften Stock hinauffuhr. Die Aufzugfahrt kam ihr ewig vor. Vielleicht lag es an dem unguten Gefühl, das sich mittlerweile von den Zehen- bis in die Haarspitzen ausgebreitet hatte. Vielleicht lag es auch daran, dass sie seit langer Zeit mal wieder allein mit dem Aufzug fuhr, also ohne Paula. Amanda wurde freundlich begrüßt und gebeten, Platz zu nehmen. Was würde jetzt wohl auf sie zukommen? „Guten Tag", war das Einzige, was Amanda bemerkte, dann wartete sie ab, was ihr Gegenüber zu sagen hatte. Mit dem, was dann folgte, hätte Amanda nicht mal in ihren Träumen gerechnet. Zu ihrer Überraschung ging es bei dem Treffen mit ihrem Chef nicht um die Gerüchte, die im Büro die Runde machten. Stattdessen bot er ihr eine andere, weitaus bessere Stelle in der Firma an. Er machte kein Geheimnis daraus, dass er von Amandas Arbeit, die sie in den letzten Wochen geleistet hatte, beeindruckt, ja fast schon begeistert war. Amanda war sehr erleichtert darüber, dass die Gerüchte offensichtlich noch nicht die Chefetage erreicht hatten. Es gab also noch eine Chance, das alles in Vergessenheit geraten zu lassen. Das Angebot, das ihr unterbreitet wurde, brachte sie aber ins Grübeln. Es war ein wirklich gutes Angebot. Sie würde wesentlich mehr Gehalt bekommen, hätte noch mehr Verantwortung, aber auch viel mehr Freiheiten. Es klang sehr verlockend. Allerdings, und das war der Haken musste sie dafür in eine andere Stadt umziehen … Ja, sogar in ein anderes Bundesland. Sie wäre dann knapp sechshundert Kilometer von Paula entfernt. Das war aber auch der einzige Nachteil, der Rest klang in ihren Ohren wie eine wunderbare Chance, die sich ihr einfach so auftat. „Amanda, was sagen Sie dazu? Diese Stelle würde perfekt zu Ihnen passen, denke ich. Sie könnten in dieser Firma noch so viel mehr erreichen. Ich und das komplette Management schätzen Ihre Arbeit sehr und wir sind uns absolut sicher, dass Sie auch diese Herausforderung meistern würden. Wäre es ein Problem für Sie, umzuziehen? Sie müssten dafür auf jeden Fall vor Ort sein." So viel Wertschätzung und Enthusiasmus machte Amanda nahezu sprachlos. Sie räusperte sich, bevor sie antwortete: „Das ist ein wirklich gutes Angebot, die Stelle sagt mir sehr zu. Könnte ich noch ein wenig Bedenkzeit bekommen, bevor ich eine Entscheidung treffe? Grundsätzlich ist es kein Problem für mich, umzuziehen. Ich würde aber gerne noch einige Sachen klären, bevor ich etwas entscheide." Amanda wollte sich in diesem Moment noch nicht festlegen. Ihr Chef schien sich mit dieser Antwort erst einmal zufrieden zu geben, merkte aber an: „Eine Woche Bedenkzeit wäre in Ordnung. Die Stelle sollte innerhalb der nächsten sechs Wochen besetzt werden." Das machte es Amanda nicht gerade leichter. Sie bedankte sich und sicherte ihm eine baldige Antwort zu. Sie behielt alles erst einmal für sich. Bevor sie mit jemandem darüber sprach, wollte sie für sich selbst eine Entscheidung treffen und das Pro und Contra in Ruhe abwägen.

Die kommenden Tage ging es rund im Büro. Ich hatte das Gefühl, dass die Gerüchte über Amanda und mich, die im Büro rumgingen, von Tag zu Tag schlimmer und wilder wurden. Jeden Tag schien jemand etwas dazu zu dichten. Es ging das Gerücht um, dass Amanda und ich bereits eine Hochzeit planten. Eine heimliche Hochzeit, versteht sich. Dass wir uns schon über die Adoption eines Kindes unterhielten. Wie um alles in der Welt kamen diese Idioten bloß auf solche Ideen? Wären sie in unseren Meetings auch so kreativ, würde uns niemand mehr das Wasser reichen können. Auch das Verhalten meiner Kollegen veränderte sich mir gegenüber drastisch. Inzwischen flüchteten meine weiblichen Kollegen geradezu vor mir und senkten den Blick, wenn ich an ihnen vorbeiging. Es war, als hätten sie Angst, Homosexualität könnte ansteckend sein oder ich würde sie direkt anspringen und sie zum wilden Lesben-Sex zwingen. Die Männer gaben im Gegensatz dazu immer öfter irgendwelche schmutzigen, absolut nicht lustigen Witze über Lesben zum Besten. Zu meiner Enttäuschung war auch Bill mit von der Partie und hielt sich kein bisschen zurück. Bis zu diesem Zeitpunkt hatte ich Bill immer sehr geschätzt und eigentlich gedacht, dass das auf Gegenseitigkeit beruhen würde. Wie man sich doch täuschen konnte. Noch nie hatte ich mich so sehr nach ein paar Tagen im Homeoffice gesehnt wie jetzt, doch das Projekt, an dem wir gerade arbeiteten, ließ das nicht zu und fesselte mich an meinen Schreibtisch in diesem verdammten Büro. Ich versuchte also, einfach nicht hinzuhören. Ich vertiefte mich in meine Arbeit und vermied es, mit irgendjemandem zu sprechen. Meine Kollegen sprach ich nur an, wenn es unbedingt nötig war. Meine anfängliche Scham hatte sich inzwischen in Wut verwandelt. Es war harte Arbeit, mich zurückzuhalten und mir nicht den erstbesten Kollegen zu schnappen und ihn anzuschreien: „Was geht es dich an, wen ich liebe? Und wenn ich hier mit jeder einzelnen Frau in diesem Büro schlafe … dir kann das doch egal sein!"

Amanda fiel es schwer, sich von Paula fernzuhalten und kein einziges Wort mit ihr zu wechseln. Sie war sich sicher, dass es Paula ebenso erging. Ab und zu warf Paula ihr einen sehnsüchtigen Blick zu. Amanda wollte ihr so viel sagen, sie in den Arm nehmen und sie küssen. Diese Distanz zwischen ihnen machte sie verrückt. Amanda konnte Paula ansehen, wie sehr ihr die

Situation im Büro zusetzte. Es schien, als wäre Paulas Lächeln für immer verschwunden. Ihre großen, grünen Augen sahen müde und glanzlos aus. Es zerriss ihr das Herz, dass sie Paula da hineingezogen hatte. Niemals hatte sie gewollt, dass es zu so etwas kam. Amanda hatte Paula beschützen wollen, vor diesen verletzenden Kommentaren und den zerstörerischen Blicken, und am liebsten vor der ganzen Welt.

Obwohl ich es auch für die beste Lösung hielt, im Büro die Distanz zueinander zu halten, fehlte mir Amanda sehr. Seit dem Moment, als sie die Küche an diesem schrecklichen Morgen verlassen hatte, wusste ich nicht, was ich tun sollte. Ich wusste nicht, ob ich auf sie zugehen sollte oder es lieber lassen sollte. Ich schwankte zwischen der Angst, sie durch diese Distanz zu verlieren und der Angst, weiteren Schaden anzurichten, wenn ich ihr zu nahe trat. Es war eine der wenigen Situationen in meinem Leben, die mir als ausweglos erschien. Ich konnte keine Lösung dafür finden. Vielleicht musste ich es einfach aussitzen.

Kapitel 23

Während Paula sich durch den Arbeitsalltag schlug, machte es sich ihr Bruder Finn zur Aufgabe, den Eltern ihre neue Lebenssituation etwas verständlicher zu machen und ihnen ihre Sorgen zu nehmen. Seit Paulas Outing am Telefon war sie Gesprächsthema Nummer Eins in der Familie. Wenn Finn genauer darüber nachdachte, war das eigentlich immer so gewesen. Schon als Kind hatte Paula immer mit dem Kopf durch die Wand wollen, was ihre Eltern regelmäßig an den Rand der Verzweiflung gebracht hatte. Obwohl sie sich so sehr bemühte, ihren Vorstellungen in jeglicher Art und Weise gerecht zu werden, war sie doch immer das schwarze Schaf in der Familie gewesen. Sie war schon immer anders gewesen. Finn liebte diese Eigenschaft an ihr, aber dem Rest der Familie war das manchmal ein Dorn im Auge. Finn saß am Tisch der Eltern, vor ihm ein riesiges Stück Käsekuchen. Bevor er sich die vollbeladene Gabel in den Mund schieben konnte, begann seine Mutter: „Finn, du und Paula, ihr telefoniert doch regelmäßig, oder? Wann hat sie mit dir darüber gesprochen? Seit wann weißt du es schon?" Finn nahm die Gabel aus dem Mund und antwortete: „Oh, ich … ähm, ich weiß es schon eine Weile. Sie hat es mir vor ein paar Wochen am Telefon gesagt." Seine Mutter sah ihn enttäuscht an. „Wir waren also die Letzten, die es erfahren haben?" Ihre Stimme klang traurig. „Mama, jetzt sei doch nicht so enttäuscht darüber. Ich kann Paula verstehen. Es ist eben nicht so leicht, das alles", nuschelte er mit viel zu viel Kuchen im Mund. Jetzt schaltete sich sein Vater ein und meinte zu Finns Mutter: „Wunderst du dich wirklich darüber, dass sie uns erst einmal nichts gesagt hat? Das war für Paula sicher alles andere als leicht. Sie ist eine Perfektionistin, alles muss nach Plan laufen. Sie musste sich erstmal selbst zurechtfinden. Du solltest ihr das nicht übelnehmen." Finn war etwas überrascht über den Kommentar seines Vaters. Normalerweise hielt er sich bei diesem Thema zurück und sagte nicht viel dazu. Seine Mutter schienen diese Worte etwas zu beruhigen. „Sie hätte jederzeit mit mir darüber reden können. Es stört mich nicht. Solange sie glücklich ist, ist alles gut", meinte sie leise. Finn legte den Arm um die Schultern seiner Mutter und sagte: „Ich bin mir sicher, Paula weiß das, Mama." Sie nickte und fügte hinzu: „Hoffentlich." „Nur deinen Plan, einen netten Schwiegersohn zu bekommen und bald Oma zu werden, den hat unsere Paula jetzt wohl durchkreuzt", bemerkte ihr Vater und lachte. Jetzt musste auch Paulas Mutter lächeln. „Naja, so kann man das nicht sagen. Es gibt Möglichkeiten, ein Kind zu bekommen, auch ohne einen Mann. Und heiraten wäre auch kein Problem. Das Einzige, auf das du wirklich verzichten müsstest, wäre ein Schwiegersohn", erklärte Finn und entfachte damit eine lange Diskussion darüber, wie das mit dem Wunschkind funktionieren könnte. Es wurde über Adoption bis hin zur künstlichen Befruchtung jede Möglichkeit ausführlich diskutiert, gegoogelt und die Vor- und Nachteile abgewogen. Finn hatte das Gefühl, dass seine Mutter und sein Vater sich langsam an die neue Situation gewöhnten. Je mehr sie darüber sprachen, umso normaler wurde es für sie.

Kapitel 24

Amanda hielt diese Distanz zu Paula nicht aus. Schon nach zwei Tagen sehnte sie sich nach ihrer Stimme. Es wäre völlig egal gewesen, was Paula ihr erzählt hätte, sie wollte einfach nur mit ihr sprechen. Nach drei Tagen vermisste Amanda ihre Umarmungen und ihren Geruch unglaublich. Sie hätte Paula am liebsten umarmt und nie wieder losgelassen. Sie hätte sie für immer festgehalten und die Nase in ihren blonden Wuschelkopf gesteckt. Nach dem vierten Tag des Schweigens und der Distanz hielt sie es nicht mehr länger aus und schrieb ihr. „Paula, ich möchte dich heute Abend besuchen! Ich halte es ohne dich nicht mehr aus. XO" Paulas Antwort ließ nicht lange auf sich warten: „Ich bin so froh, dass du dich meldest. Ich vermisse dich ganz furchtbar. Es wäre schön, dich zu sehen. Pass auf, dass dich keiner verfolgt. XO" Unter normalen Umständen hätte Amanda über den letzten Satz gelacht, aber angesichts ihrer Situation war es wohl ernst gemeint.

Wie jedes Mal, wenn ich Amanda traf, freute ich mich riesig und die tausend Schmetterling in meinem Bauch machten sich bemerkbar. Bei diesem Treffen mischte sich zu meiner Vorfreude aber auch ein bisschen Angst dazu, schließlich hatte unser letztes richtiges Date ein großes Chaos verursacht. „Dieses Mal wird es keine verdammten Beweisfotos geben", sagte ich selbstsicher zu meinem Spiegelbild. Dann hörte ich die Türklingel: Amanda klingelte Sturm. „Ich mache ja schon auf, ist ja gut", sagte ich laut durch die Sprechanlage. Kurz darauf waren Amandas Sprünge die Treppe hinauf zu meiner Tür zu hören. Ohne ein Wort zu sagen betrat sie meine Wohnung, zog schnell ihre Schuhe aus und umarmte mich in der nächsten Sekunde fest. Ich gab der Wohnungstür hinter ihr mit einer Hand einen Stoß, sodass sie laut ins Schloss fiel. „Oh Gott, ich habe dich so sehr vermisst", flüsterte ich Amanda ins Ohr, die mich immer noch fest an sich drückte. Sie sagte immer noch nichts, sondern sah mich bloß eine Sekunde lang an und küsste mich dann. Ohne ein weiteres Wort oder noch mehr wertvolle Zeit zu verlieren, drückte sie mich gegen die Wand und begann, mich ungeduldig auszuziehen. Es konnte ihr nicht schnell genug gehen.

Amanda riss Paula die Klamotten vom Leib und packte sie unsanft an den Handgelenken. Ihre Küsse waren fordernd und wurden immer wilder. Die ganze Wut und Angst entlud sich in diesem Moment, in jedem einzelnen Kuss. Sie ließ Paula nach Luft schnappen, während sie Küsse über Paulas Bauchnabel platzierte und sich in Richtung ihrer Hüftknochen bewegte. Paula stand immer noch mit dem Rücken an der Wand ihres Flurs und atmete hektisch, während ihre Knie immer weicher wurden. Amanda kniete sich vor ihr hin und sah, wie sich Paulas Bauchdecke nervös hob und senkte. Mit ihren Händen packte sie Paulas Po und zog sie dichter an sich ran. In den nächsten Minuten versuchte Paula, sich mit beiden Händen an der Wand festzuhalten, um dank ihrer weichen Knie nicht auf den Boden zu fallen. Amanda versenkte ihre Zunge immer wieder in ihr und ließ mit ihren Lippen nicht von ihr ab.

Irgendwann hielt ich es einfach nicht mehr aus. „Amanda, stopp! Können wir das bitte ins Bett oder auf das Sofa verlegen?" Ihre braunen, Augen blitzten mich an. „Mache ich dich so wahnsinnig, dass deine Beine jetzt schon nachgeben?" Es waren ihre ersten Worte an mich, an diesem Tag. Sie wartete meine Antworte nicht ab, sondern stand auf, nahm meine Hand und zog mich ins Schlafzimmer. Als ich nach ihrem Shirt griff, um sie auszuziehen, schob sie meine Hand weg. „Ich mach das schon. Leg dich ins Bett." Der Befehlston in ihrer Stimme gefiel mir und turnte mich total an. Niemals hätte ich ihr in diesem Moment widersprochen.

Amanda versuchte, beim Sex nicht allzu rau zu sein, aber es fiel ihr an diesem Abend schwer, sich zurückzuhalten. Die ganze vergangene Woche lang hatten viele Gefühle in ihrem Herzen getobt: Liebe, Angst, Wut. All diesen Gefühlen ließ sie nun freien Lauf.

Noch nie zuvor hatte ich so energiegeladenen Sex gehabt wie an diesem Abend mit Amanda. Liebevolle Berührungen auf meiner Haut, dann wilde Stöße. Ihre kleinen Hände drückten mich an den Handgelenken fest in die Matratze, dann zog sie mich wieder sanft zu sich heran. Es war wunderbar. Ein Wechselbad der Gefühle, aber wunderbar. So ging es zwei Stunden lang.

Es dauerte einen Moment, bis Amanda ihren Atem wieder unter Kontrolle hatte. Sie lag auf dem Rücken und starrte in das dunkle Grün von Paulas Augen. Paula beugte sich über sie und starrte zurück. Mit ihrem rechten Zeigefinger fuhr sie über Amandas Nase, ihre Stirn und bis hinunter zu ihrem Kinn. Amanda schloss die Augen und schluckte laut hörbar. „Ist alles in Ordnung?", flüsterte Paula. „Ist das eine ernstgemeinte Frage, nach dieser Horrorwoche?", antwortete Amanda, ohne ihre Augen zu öffnen. Sie konnte spüren, wie Paulas Gesicht sich zu einem Lächeln verzog. „Du hast recht. Ich fange nochmal an. Wie geht es dir? Worüber denkst du so angestrengt nach?" Jetzt öffnete Amanda die Augen. „Nun, wo ich endlich wieder bei dir bin, geht es mir gut. Woher weißt du, dass mich etwas beschäftigt?" Paula rollte bloß mit den Augen. „Amanda, ich kenne dich inzwischen. Also … was ist es?" Bevor Amanda ihr eine Antwort gab, setzte sie sich auf und zog sich das erstbeste über, was sie in die Hände bekam. Dann stand sie auf und fragte auf halbem Weg in die Küche: „Hast du Wein da?" Paula sah ihr verwirrt hinterher und sprang dann ebenfalls auf. Sie zog sich schnell ihre Unterwäsche und Amandas T-Shirt an und folgte ihr in die Küche.

Als ich hinter Amanda in die Küche trat, kramte sie schon nach Weingläsern in meinem Schrank. Ich hielt ihr die Weinflasche hin und fragte nochmal mit ungeduldiger Stimme: „Sagst du mir jetzt, was los ist?" Sie füllte beide Weingläser und trug sie ins Wohnzimmer, wo sie auf dem Sofa Platz nahm. Ich setzte mich neben sie und schaute sie erwartungsvoll an. Sie wich meinem Blick aus, als sie endlich antwortete: „An dem Tag, an dem ich nicht im Büro war letzte Woche, da war ich in der Zentrale." Ich unterbrach sie aufgeregt: „Was? Wieso das denn? Was wollten sie von dir?" Amanda nahm einen großen Schluck von ihrem Wein, bevor sie weitererzählte: „Ich dachte erst es wäre wegen … na, du weißt schon. Ich hab mir fast in die Hosen gemacht. Aber offensichtlich haben die Gerüchte es noch nicht bis in die Chefetage geschafft." Nach diesem Satz atmete ich erleichtert aus. Bis jetzt waren das doch gute Nachrichten. „Amanda, das klingt gut. Das sind gute Nachrichten." Amanda nahm den zweiten großen Schluck, als müsste sie sich Mut antrinken. „Das ist ja auch noch nicht alles, Paula. Die haben mir ein Angebot gemacht. Ein super Angebot, für eine richtig tolle Stelle. Das würde alles perfekt zu mir passen. Es würde mehr Verantwortung und mehr Gehalt für mich bedeuten." Ich legte eine Hand auf ihren Arm. „Und wo ist nun der Haken?" Amanda räusperte sich nervös: „Der Haken ist, dass ich dafür umziehen müsste. Sechshundert Kilometer weit weg von hier." Erst jetzt sah sie mir direkt in die Augen. Ich musste erst einmal ein paar große Schlucke von meinem Wein nehmen. „Paula, sag bitte etwas dazu, irgendetwas", flehte sie mich an. Ich richtete den Blick auf den Boden und schüttelte den Kopf. „Was soll ich sagen, Amanda? Was erwartest du von

mir? Was willst du jetzt von mir hören?" Sie rückte näher an mich heran, nahm meine Hand und sagte mit brüchiger Stimme: „Bitte, Paula. Sag mir, was du denkst. Ich weiß nicht, was ich machen soll." „Du willst, dass ich dir sage, wie du dich entscheiden sollst?" Ich sah sie erstaunt an. „Amanda, das kann ich nicht. Du allein musst diese Entscheidung treffen. Es ist deine Zukunft und dein Job. Natürlich möchte ich, dass du bei mir bleibst und nicht wegziehst, aber letztendlich musst du das selbst für dich entscheiden." Amanda sah verzweifelt aus. Sie stützte den Kopf in die Hände und wirkte so hilflos, dass ich nicht anders konnte als sie in den Arm zu nehmen. Alles, was ich zu ihr an diesem Abend sagte, tat ich, um ihr zu helfen, die beste Entscheidung für sich zu treffen. Es versetzte meinem Herz einen Stich. Bei dem Gedanken daran, dass sie weggehen könnte, musste ich die Tränen wegblinzeln und die aufsteigende Panik unterdrücken. Doch meine Gefühle waren im Moment fehl am Platz. Es ging jetzt nicht um mich, es ging um Amanda. Plötzlich hatte ich eine gute Idee. Wie alle Menschen, die Ordnung und Struktur liebten, war ich eine Meisterin darin, Pro- und Contra-Listen zu erstellen. Ich verwendete diese Art von Listen für so ziemlich jedes Problem, das mir in den Weg gelegt wurde. Ich stand auf, holte einen Block und einen Stift und setzte mich damit wieder auf das Sofa. Amandas Blick folgte mir dabei. „Was hast du vor?", fragte sie etwas verdutzt. „Ich werde dir dabei helfen, eine Wahl zu treffen", erklärte ich. Jetzt wurde sie neugierig. „Aha. Und wie willst du das machen? Was hast du vor mit dem Block und dem Stift?" Ich zeichnete zwei Spalten auf das Blockblatt. Eine war mit einem Plus, die andere Spalte mit einem Minus gekennzeichnet. Dann deutete ich mit dem Zeigefinger darauf und erklärte: „Wir machen eine klassische Pro- und Contra-Liste. Auf der Minus-Seite werden die negativen Aspekte eines Jobwechsels und die Nachteile notiert, und auf der Seite mit dem Plus die Vorteile, die der Job mit sich bringt. Außerdem gibt es noch eine weitere Regel. Dinge, die dir besonders wichtig sind, markierst du mit einem zusätzlichen Plus. Diese Punkte zählen dann doppelt." Amanda nickte und fragte nach: „Und dann?" „Am Ende zählen wir alles zusammen. Je nachdem, was überwiegt, kannst du dann eine Entscheidung treffen", beendete ich meine Erklärung. „Ich finde die Idee gut. Das könnte wirklich eine Hilfe sein", meinte Amanda und nahm den Stift in die Hand. In den darauffolgenden Minuten füllte sich die Pro- und Contra-Liste langsam.

Amanda musste nicht lange nachdenken, da dieses Thema sie schon seit Tagen beschäftigte. Sie war froh, ihre Gedanken endlich ein wenig ordnen zu können. Wieso war sie nicht selbst darauf gekommen? Vermutlich hatte sie Angst vor dem Ergebnis gehabt, aber diese Liste war ja auch nur eine Denk- und Entscheidungshilfe. Die finale Entscheidung würde Amanda selbst treffen. Paulas Augen hefteten sich die ganze Zeit fest auf das Blatt Papier. Sie sagte aber nichts dazu, bis Amanda schließlich den Stift zur Seite legte und sie erwartungsvoll ansah. „Ich denke, ich habe alle Punkte aufgeschrieben und sortiert. Was jetzt?" „Okay. Jetzt sehen wir uns das mal zusammen an." Schon auf den ersten Blick konnte Paula erkennen, dass mehr Pro- als Contra-Punkte auf der Liste verzeichnet waren. Sie schluckte einmal laut, bevor sie begann: „Wir starten mit der Pro-Seite. Hier hast du notiert: Mehr Gehalt, mehr Entscheidungsfreiraum, neue Herausforderungen, keine Gerüchte von Kollegen mehr +, persönliche Freiheit +, Abstand zu meinen Eltern +." Nachdem Paula alles vorgelesen hatte, schaute sie Amanda fragend an. „Erklär mir, was genau du mit diesen Punkten meinst und wieso du sie so bewertet hast." Amanda räusperte sich und begann: „Also, ich denke die Punkte mehr Gehalt und Entscheidungsspielraum sind klar. Das sind die offensichtlichen Vorteile, die diese Stelle mit sich bringt. Es wird eine neue Herausforderung werden, aber das reizt mich. Du kennst mich Paula, ich liebe Herausforderungen." Nach diesem Satz musste Paula lächeln. Sie nahm Amandas Hand, als sie sagte: „Ja, ich weiß." Amanda richtete ihren Blick wieder auf die Liste und fuhr fort: „Wenn ich weggehe und wechsle, bist du die Gerüchte los. Es wird dann nicht mehr so sehr über dich und uns geredet. Das wäre ein weiterer Vorteil." Amanda bemerkte, wie Paula Luft holen wollte, um etwas einzuwerfen. „Lass mich erst zu Ende erklären, Paula." Paula schloss ihren Mund wieder und nickte. „Also weiter geht es mit den Punkten persönliche Freiheit und dem Abstand zu meinen Eltern. Du weißt, dass ich eine Art Doppelleben führe und meine Homosexualität verstecke. Wenn ich weit weg wohnen würde, müsste ich keine Angst haben, dass man mich dabei erwischt. Ich könnte zumindest ein bisschen dem Druck und der Kontrolle meiner Eltern entkommen. Ich wäre viel freier. Ich habe all diese Punkte deswegen mit einem Plus versehen, weil sie für mich am wichtigsten sind." Erst jetzt sah Amanda Paula in die Augen und zeigte ihr dadurch, dass sie fertig war mit ihrer Erklärung.

Ich war froh, mich endlich dazu äußern zu dürfen. „Das sind alles gute Gründe, den Job anzunehmen. Aber was deine Freiheit angeht ... naja, ich denke, dafür musst du nicht sechshundert Kilometer weit wegziehen." Amanda erwiderte nichts auf meinen Kommentar, sondern legte den Zeigefinger auf das Blatt und sagte: „Lass uns mit den Contra-Punkten weitermachen." „Also gut. Erklär mir, was du bei Contra aufgeschrieben hast." Wieder räusperte sich Amanda, als würde sie eine wichtige Präsentation für ein milliardenschweres Projekt vortragen. „Punkte, die gegen diesen Job sprechen, sind: Der Umzug und dass ich diese Stadt verlassen muss. Ich mag diese Stadt sehr. Ein weiterer Punkt ist natürlich, dass ich nicht mehr bei dir sein kann." Nach ihrem letzten Satz sah sie mir sekundenlang schweigend in die Augen, bevor sie hinzufügte: „Ich liebe dich. Es wäre schlimm für mich, nicht mehr bei dir zu sein." Die Ehrlichkeit in ihren Worten ließ mich erröten. Bevor ich darauf antworten konnte, fuhr sie fort: „Naja, das wars auch schon. Das sind alle Punkte, die dagegen sprechen. Natürlich habe ich deinen Verlust mit einem dicken fetten Plus auf der Liste markiert. Zählt also doppelt." Ich fand die Art und Weise, wie sie das sagte, so zuckersüß, dass ich ihr einen Kuss gab und sie fest umarmte. „Ich liebe dich auch. Für mich wäre es auch schlimm, wenn du nicht mehr bei mir wärst", flüsterte ich ihr ins Ohr. Nach meiner Umarmung richteten wir unseren Blick wieder auf die Pro- und Contra-Liste, die immer noch vor uns auf dem Tisch lag. Ich war die Erste, die wieder das Wort ergriff: „Es … Es sprechen viel mehr Gründe für den Jobwechsel als Gründe dagegen, Amanda." Meine Stimme war etwas heiser und sehr leise. Amanda hielt den Blick immer noch starr auf das Blatt vor uns gerichtet. Sie hatte die Fakten schwarz auf weiß vor sich liegen. „Ich weiß", flüsterte sie. An diesem Abend traf Amanda noch keine Entscheidung. Als sie nach Hause gegangen war und ich allein in meinem Bett lag, spürte ich, wie sich Angst in mir breit machte. Diese Angst kroch langsam in mein Herz und ließ mich nicht mehr ganz los. Ich hatte Angst, Amanda zu verlieren.

Kapitel 25

An dem Abend, als Amanda bei Paula war und sie versuchten, gemeinsam eine Lösung für die Zwickmühle zu finden, in der Amanda sich befand, drückte Celine ungeduldig mehrmals auf die Türklingel an Amandas Haustür, aber natürlich ohne Erfolg. Niemand öffnete die Tür. Wütend schlug Celine mehrmals mit der Faust gegen das alte Holz. Ihr ursprünglicher Plan war es, ein normales, ruhiges Gespräch mit Amanda zu führen. Sie hatte zwar nicht vor, sich für den Vorfall im Büro zu entschuldigen, schließlich hatte Amanda selbst sie dazu getrieben, aber sie wollte trotzdem versuchen, ihr Herz zurückzuerobern. Sie wollte einfach nicht wahrhaben, dass sie Amanda verloren hatte, und das auch noch an jemanden wie Paula. Die unscheinbare Paula. Bei ihrem letzten Gespräch hatte Amanda ihre Beziehung zwar beendet, aber sie war sich sicher, dass sie es nicht so gemeint hatte. Vermutlich war es die Wut, die in dem Moment aus Amanda gesprochen hatte. Amanda konnte sehr aufbrausend sein. Celine vermisste sie sehr und war sich sicher, dass Amanda ihre Gefühle teilte. Immerhin hatten sie sich mehrere Monate lang getroffen und Vieles miteinander geteilt. Zumindest redete sich Celine das ein. Auch nach dem fünften Sturmklingeln öffnete ihr niemand. Celine wollte noch nicht gehen und redete sich die Situation selbst schön: „Vielleicht kommt sie gleich nach Hause. Sicherlich war sie noch einkaufen oder musste nach der Arbeit andere Dinge erledigen", dachte sie und beschloss, so lange in ihrem Auto zu warten, bis Amanda zurückkommen würde. Drei Stunden später sah sie, wie Amanda den Gehweg entlang zu ihrer Haustür lief. Noch bevor

Celine aus dem Auto steigen und sie aufhalten konnte, war sie auch schon im Haus verschwunden. Celine umklammerte wütend das Lenkrad. Wo zum Teufel war sie nur so lange gewesen? Beim Einkaufen konnte sie nicht gewesen sein, die Geschäfte hatten schon längst geschlossen. Hatte sie eine Verabredung gehabt? Hat sie jemanden getroffen? Celine wusste die Antwort sofort: Amanda traf Paula immer noch. Sie begann, in ihrer Handtasche zu kramen, und zog zwei weitere Fotos heraus, die Amanda und Paula zeigten. Prüfend betrachtet sie diese und entschied sich für jenes, auf dem Amanda und Paula Hand in Hand durch die Stadt schlenderten. „Ich denke das wird sich an der Infowand im Büro sehr gut machen", murmelte sie, bevor sie den Wagen startete und davonfuhr.

Kapitel 26

Ich war an diesem Morgen früh wach, noch bevor mein Wecker klingelte. Das war eher ungewöhnlich für mich. Ansonsten startete mein Tag ganz normal: Ich zog mich an und ging ins Fitnessstudio. Nach meinem einstündigen Training machte ich mich früher als sonst auf den Weg ins Büro. „Vielleicht ist Amanda ja schon da und ich kann noch den ein oder anderen ruhigen Moment mit ihr genießen", überlegte ich. Allerdings war Amanda gar nicht da. Stattdessen fand ich nur meine Kollegen vor, und die schienen an diesem Morgen sehr ausgelassen zu sein. Das bemerkte ich schon, nachdem ich den ersten Fuß ins Büro setzte.

Amanda hörte ihren Wecker an diesem Morgen nicht. Sie hatte am Abend zuvor nicht einschlafen können. Die Gedanken in ihrem Kopf waren so laut gewesen, dass es ihr so vorgekommen war, als trampelten sie wie ein riesiger Elefant durch ihren Kopf. Hellwach hatte sie an die Zimmerdecke über ihrem Bett gestarrt. Irgendwann, es musste ungefähr drei Uhr nachts gewesen sein, war sie aus dem Bett gestiegen und hatte sich auf das Sofa im Wohnzimmer gelegt. Sie hatte sogar den Fernseher angemacht, in der Hoffnung, dadurch das Gedankenkarussell in ihrem Kopf endlich zum

Stillstand zu bringen. Irgendwann war sie dann vor dem Fernseher eingeschlafen. Das laute, penetrante Piepen ihres Handy weckte sie viel zu spät am nächsten Morgen. Verwirrt rieb sie sich die von der Müdigkeit noch geschwollenen Augenlider, setzte sich stöhnend auf und rieb sich ihren verspannten unteren Rücken: „Verdammt, dieses Sofa ist wirklich nicht zum Schlafen geeignet." Sie griff nach ihrem Handy und öffnete die eingegangene WhatsApp-Nachricht, die sie so unsanft geweckt hatte: „Amanda?? Wo bist du? Wir haben hier einen Notfall! SIE hat es schon wieder getan!" Die Nachricht war von Paula. Amanda wurde augenblicklich schlecht. Celine hatte es schon wieder getan! Das konnte doch nicht wahr sein. „Fuck!", schrie Amanda viel zu laut vor Wut und sprang auf. Erst jetzt bemerkte sie, dass sie eine ganze Stunde zu lang geschlafen hatte. Innerhalb von fünfzehn Minuten war sie fertig angezogen und bereit, ins Büro zu hetzen. Auf dem Weg schrieb sie Paula: „Ich bin gleich da! Ich bringe das in Ordnung." Auf einmal hörte sie laut Reifen quietschen. „Mensch, pass doch auf! Hier fahren Autos, du blöde Kuh!", schrie sie ein ungehaltener Mann aggressiv durch sein Autofenster an. Amanda zuckte zusammen und blieb wie angewurzelt stehen. „Es tut mir leid. Ich war unaufmerksam. Ich …" Der Autofahrer unterbrach ihre Entschuldigung ungeduldig: „Jaja. Ist mir egal. Würdest du jetzt weiterlaufen? Ich bin eh schon spät dran." Amanda erwiderte nichts und beschleunigte ihre Schritte. Sie wollte endlich im Büro ankommen und sehen, was Celine dieses Mal angestellt hatte. Ihre Nerven lagen blank. „Wie kann das sein? Es ist gerade mal neun Uhr morgens und ich kann schon jetzt nicht mehr klar denken. Irgendwann werde ich noch an einem Herzinfarkt sterben, wenn das so weitergeht … naja, entweder das oder ich werde von einem Auto überfahren", dachte Amanda.

Ich konnte es kaum erwarten, dass Amanda endlich im Büro ankam. Nervös guckte ich immer wieder auf die Uhr und zählte die Sekunden. Dieser Morgen überforderte mich komplett. Celine hatte sich dieses Mal selbst übertroffen in ihrer Bosheit und ihrem Hass uns gegenüber. Als ich die Büroräume betrat, traf mich fast der Schlag. Celine hatte gute Arbeit geleistet. Überall in den Räumlichkeiten hatte sie ein weiteres Foto von Amanda und mir verteilt. Nun war tatsächlich hundertfach zu sehen, wie sie und ich Händchen haltend durch die Stadt liefen. Ich war in eine kurze Schockstarre verfallen, als ich sah, was sie angerichtet hatte. Ein paar Sekunden hatte ich mich nicht bewegen können, war einfach nur dagestanden und hatte mich umgesehen. An jeder Bürotür, an jedem Fenster, an den Wänden und auf den Bürotischen hatte sie das Foto angebracht. Die Geräusche um mich herum wurden leise. Alles, was ich hören konnte, war mein eigener Herzschlag, und der war viel zu laut. Mein Gesicht färbte sich rot und ich spürte, wie sich Tränen in meinen Augenwinkeln sammelten. Ich versuchte, sie wegzublinzeln, die Augen zu schließen und ein paar tiefe Atemzüge zu nehmen. Ein Papierflieger, der mich schließlich am Kopf traf, holte mich ins Hier und Jetzt zurück. Automatisch bückte ich mich, um ihn aufzuheben. Natürlich war er aus einem der Fotos gebastelt worden. Geworfen hatte ihn Bill, der sich jetzt schnell zurück an seinen Schreibtisch setzte. Das war alles zu viel für mich. Ich lief so schnell ich konnte auf die Toilette und knallte die Tür hinter mir zu. Dort angekommen schrieb ich Amanda. Wo, verdammt nochmal, steckte sie nur? Ich blieb einige Minuten in der Toilettenkabine sitzen und schlug die Hände vors Gesicht. Da war er wieder, der Wunsch, unsichtbar zu sein. Nach ein paar Minuten straffte ich mich. „Ich muss dieses Chaos beseitigen." Die nächste halbe Stunde verbrachte ich damit, jeden einzelnen kleinen Winkel des Bürogebäudes abzulaufen und jede Kopie des Fotos einzusammeln. Manche entriss ich den neugierigen Händen meiner Kollegen. „Darf ich? Ich denke, das ist meins." Kommentare dazu ignorierte ich, auch wenn ich sehr viele zu hören bekam. Gerade als ich damit fertig war, betrat Amanda das Büro. Ihr Gesicht war gerötet und sie schwitzte. Ich drückte die Kopien fest an meine Brust. Niemand sollte mehr einen Blick darauf erhaschen können.

Amanda packte Paula unsanft am Arm und zog sie ohne weitere Umwege in ihr Büro. Sie schmiss ihre Jacke über den Schreibtischstuhl, stützte ihre Hände auf dem Tisch ab und rang nach Atem. Paula wusste nicht, was sie sagen sollte, und legte ihr nur den Stapel der Kopien vor die Nase. „Scheiße! Das sind ja hunderte!", entfuhr es Amanda. Dann betrachtete sie das Bild und meinte: „Wie viele Fotos hat diese Irre denn an dem einen Abend von uns gemacht? Wo waren die Kopien überall, Paula?" Leise antwortete sie:

„Überall. Sie waren wirklich überall. An jeder Tür, an jeder Wand, sogar auf der Toilette habe ich welche gefunden." Zum zweiten Mal an diesem Morgen hatte Amanda das Gefühl, sich übergeben zu müssen. Sie konnte die Tränen in Paulas Augenwinkeln glitzern sehen, deshalb stand sie auf und nahm Paula in den Arm. „Es tut mir leid, dass ich heute früh nicht da war", flüsterte sie. Paula löste sich nach ein paar Sekunden aus der Umarmung. Sie schniefte und wischte sich mit der Hand die Tränen weg. „Wie lösen wir dieses Problem?", fragte sie entschlossen. Amanda trat einen Schritt zurück und sah sie nachdenklich an. Sie sprach die Worte langsam aus: „Die anderen werden sich schon das Maul darüber zerreißen, da bin ich mir sicher. Es wird nur eine Frage der Zeit sein, bis diese Story die Chefetage erreicht. Ich verspreche dir, dass ich mir etwas einfallen lasse. Bis dahin heißt es durchhalten." Paula konnte in dem Moment nicht mehr als ein „Okay" von sich geben. Was hätte sie auch sagen sollen? Amanda konnte schließlich nicht hexen und das Geschehene ungeschehen machen.

Ich verließ Amandas Büro mit weichen Knien. Jetzt, wo der erste Schock des Morgens nachließ, fühlte ich mich schwach und verletzlich. Ich lief zu meinem Schreibtisch, schnappte meine Jacke und meinen Laptop und machte mich auf den Weg zur Tür. Bill rief mir hinterher: „Paula, wo willst du denn hin? Wir müssen heute endlich die Präsentation fertigstellen!" Ich blieb kurz stehen und überlegte, welche Ausrede ich ihm auftischen sollte, oder besser gesagt, welche Ausrede plausibel klang. Keine. „Ich scheiß auf unsere Präsentation, Bill. Ich bin heute im Homeoffice!", schleuderte ich ihm entgegen und verließ das Büro, ohne mich nochmal umzudrehen.

Kapitel 27

Celine lehnte an der kühlen Mauer neben der Eingangstür des Bürogebäudes, in dem sie an diesem Morgen das zweite Foto von Amanda und Paula in Umlauf gebracht hatte. Als sie jetzt Paula sah, die mit hastigen Schritten und gesenktem Blick das Gebäude verließ, nippte sie an ihrem Kaffee und lächelte zufrieden. Sie empfand keinen Funken Mitleid für

Paula, und erst recht nicht für Amanda. „Selbst schuld", murmelte sie und zuckte gleichgültig mit den Schultern, bevor sie sich selbst auf den Weg zur Arbeit machte. „Ihr habt euch mit der Falschen angelegt." Paula bemerkte Celine nicht. Sie hätte sie vermutlich auch gar nicht erkannt.

Als ich an diesem Vormittag zuhause ankam, schleuderte ich wütend meine Schuhe in die Garderobe und lief ins Bad, um mein Gesicht mit kaltem Wasser zu waschen. Doch auch das beruhigte mich nicht. Ich schmiss mich bäuchlings auf mein Sofa und vergrub mein Gesicht in einem Kissen. All den Tränen und der Verzweiflung, die sich in mir angestaut hatten, ließ ich freien Lauf und weinte in das Sofakissen. Es waren Tränen der Wut, darüber, dass eine wildfremde Person mein Liebesglück zerstörte und ich nichts dagegen tun konnte. Das Gefühl der Machtlosigkeit überwältigte mich. Es waren Tränen der Verzweiflung, weil ich nicht wusste, wie es weitergehen würde und wie Amanda sich letztendlich entscheiden würde. Die Situation war mir komplett entglitten und ich hatte keine Kontrolle mehr über die Dinge, die passierten. Es war, als würde ich in einem Auto sitzen und mit zweihundert Kilometer pro Stunde auf eine Steinmauer zurasen. Nach einer weiteren Stunde, in der meine Gedanken wild durch meinen Kopf flogen, versuchte ich, mich zusammenzunehmen. Mit einer Tasse Tee in der Hand und meinem Firmenlaptop auf dem Wohnzimmertisch versuchte ich, mich mit meiner Arbeit abzulenken. Es klappte nicht. Ich konnte keinen einzigen klaren Gedanken fassen und beschloss, dass es das Beste wäre, mit jemandem darüber zu reden. Wenn ich es nicht tat, würde mich diese Angst und Wut noch auffressen. Ich wählte Finns Nummer. Erst nach dem dritten Klingeln hob er ab und klang gehetzt: „Hi, Paula. Ist es wichtig? Ich bin in der Arbeit." Ich wollte ihn auf keinen Fall stören und antwortete mit möglichst fester Stimme: „Nein … nein. Lass dich nicht stören. Wir können auch wann anders …" Er unterbrach mich: „Hast du geweint? Was ist passiert? Geht es dir gut?" Seine Stimme klang ehrlich besorgt. „Es geht mir nicht gut, Finn. Gar nicht. Ich bin traurig und verzweifelt und ich weiß nicht, was ich tun soll." In meinem Hals spürte ich die Tränen hochsteigen und schniefte. „Erzähl mir, was passiert ist. Es gibt immer eine Lösung." Ich erzählte ihm alles: Wie Celine Amanda vor der Haustür abgefangen und ihr gedroht hatte. Ich erzählte ihm von den Fotos, die sie heimlich von uns gemacht und im Büro verteilt hatte und von den Reaktionen meiner Kollegen. Zuletzt erzählte ich ihm von Amandas Jobangebot und unserer Pro- und Contra-Liste. Finn ließ mich aussprechen und hörte aufmerksam zu. Erst, als ich zu Ende erzählt hatte, meldete er sich zu Wort. „Oh, Paula, dass das Böse enden kann, war von Anfang an klar, aber dass es so schlimm wird, damit hat wohl niemand gerechnet. Es ist eine Sauerei, was Celine da gemacht hat. Das ist weder fair noch erlaubt. Es ist unmenschlich, jemanden auf diese Art und Weise bloßzustellen. Grausam ist das." Allein diese wenigen Worte von Finn trösteten mich ein wenig. Er klang entsetzt, und in seiner Stimme konnte ich Wut mitschwingen hören. Er fuhr fort: „Ich weiß, dass du das nicht hören willst, Paula, aber vielleicht wäre es tatsächlich das Beste für alle, wenn Amanda die neue Stelle annimmt. Dann kehrt wieder Ruhe im Büro ein und ihr behaltet beide euren Job. Und auf Celine … ja, auf die könnt ihr beide scheißen." Wenn ich ehrlich zu mir selbst war, war mir dieser Gedanke heute auch schon durch den Kopf geschossen. Ich hatte ihn aber in der gleichen Sekunde wieder zur Seite geschoben. Schon wesentlich ruhiger antwortete ich Finn: „Ich weiß, du hast Recht. Ich möchte aber nicht, dass Amanda geht. Ich will sie nicht verlieren, auf gar keinen Fall. Und wenn ich dadurch meinen Job verliere … dann ist das eben so." Finn verstand mich und die Gefühle, die in meinem Herz tobten. „Ich weiß, du hast Gefühle für sie. Du bist in Amanda verliebt, aber ist es das alles wert?" „Wie meinst du das, Finn?" Er erklärte: „Ich meine damit, ob Amanda es wert ist, dass du deinen Job verlierst und dass du dich so behandeln lassen musst von deinen Kollegen. Ist sie die Tränen und den Stress wert? Würde Amanda das Gleiche für dich tun? Würde sie das alles aus Liebe zu dir aushalten?" Ich war fassungslos über Finns Zweifel. „Amanda würde alles aushalten und ertragen für mich und für das, was zwischen uns ist. Sie würde mich niemals im Stich lassen, Finn. Niemals." Noch als ich die letzten Worte aussprach, meldete sich ein leiser Zweifel in meinem Unterbewusstsein. Finn bemerkte, dass es in diesem Moment keinen Sinn machte, weiter mit mir darüber zu diskutieren. Er versuchte, mich zu beruhigen, bevor er auflegen musste, um weiterzuarbeiten: „Paula, ich bin sicher, dass ihr eine Lösung finden werdet. Lass dich nicht unterkriegen von diesen Arschgeigen im Büro und von dieser schrecklichen Celine."

Amanda hatte mitbekommen, dass Paula das Büro verlassen und ins Homeoffice gewechselt hatte. Gut so. Dadurch geriet sie wenigstens nicht ins Kreuzfeuer ihrer Kollegen. Bill war kurz nach Paulas Abgang zu ihr ins Büro gekommen, ohne anzuklopfen. Bevor Bill den Mund aufmachen konnte, wies ihn Amanda auf sein Benehmen hin: „Bill, auch du kannst anklopfen, bevor du eintrittst. Ich bin immer noch deine Vorgesetzte." Bill errötete vor Scham über sein Verhalten und stammelte verunsichert: „Ähm. Okay. Ich merke es mir. Amanda, Paula ist vorhin gegangen. Kannst du mir bei der Präsentation helfen? Die muss heute fertiggestellt werden und mir fehlen noch einige Daten." Amanda musste sich zusammenreißen, um Bill freundlich gegenüberzutreten. Bill, der in den letzten Tagen immer das lauteste Mundwerk gehabt hatte, wenn es darum ging, dämliche Lesben-Witze zu reißen. Etwa wie: „Dose auf Dose klappert." Im Gegensatz zu Bill verhielt sie sich aber professionell. „Ja, klar. In einer Stunde habe ich Zeit, dann setzen wir uns zusammen und machen die Präsentation fertig." Zufrieden verließ Bill das Büro wieder. Kurz nachdem sich die Bürotür geschlossen hatte, klingelte ihr Handy. Auf dem Bildschirm entdeckte sie: „Mama ruft an." „Verdammt, das hat mir heute gerade noch gefehlt", fluchte Amanda. Wenn sie nicht ranging, würde ihre Mutter nicht locker lassen und es immer wieder probieren. Unschlüssig schaute sie ein paar Sekunden auf den Bildschirm ihres Handys und überlegte hin und her, gab dann aber doch nach und nahm das Telefonat an. „Hi, Mama, was gibts? Ich bin gerade bei der Arbeit. Ich kann also nicht lange sprechen." Der genervte Unterton in ihrer Stimme entging ihrer Mutter nicht. „Du scheinst gestresst zu sein, Liebes. Gib mir nur einen Moment. Es dauert nicht lange." „Ja, ich habe viel zu tun. Fass dich bitte kurz." Ihre Mutter räusperte sich ein bisschen verlegen. „Also, Amanda, dein Vater und ich, wir haben uns gedacht, dass es doch schön wäre, wenn du am kommenden Wochenende zu uns kämst. Es gibt Kaffee und Kuchen." Amanda antwortete erleichtert: „Ja, klar. Warum nicht? War das alles?" Erst jetzt rückte ihre Mutter mit der Sprache raus: „Es wäre schön, deinen Freund endlich kennen zu lernen. Bring ihn doch mit am Samstag. Wir sind so neugierig auf den jungen Mann." Nun wurde Amanda heiß. Sie hatte schon geahnt, dass es da einen Haken geben musste. „Oh, Mama, weißt du, er … er kann an diesem

Wochenende nicht. Er kann eigentlich nie an Samstagen, weil er da arbeiten muss." „Oh nein, wie schade. Na gut, dann werden wir bestimmt eine andere Möglichkeit finden, um ihn kennenzulernen." Ihre Mutter klang enttäuscht. „Ja, natürlich. Ganz bestimmt. Mama, ich muss jetzt auflegen. Die Arbeit ruft", verabschiedete sich Amanda. Sie wischte sich den Schweiß von der Stirn und atmete tief durch. Wie sollte sie aus dieser Nummer nur je wieder rauskommen?

Kapitel 28

Das Gespräch mit Paula ging Finn lange nicht mehr aus dem Kopf. Die Situation, die sie ihm beschrieben hatte, war furchtbar. Er konnte kaum glauben, dass ihre Kollegen sie so behandelten und ihr diese gemeinen, ekligen Kommentare an den Kopf warfen. Celine war eindeutig zu weit gegangen. Das Verhalten dieser Menschen machte Finn wütend. Hatten sie kein eigenes Leben, das sie zerstören konnten? Paula war seine Schwester und er wollte nur das Beste für sie. Er wollte nicht, dass seine Worte sie verletzten oder wütend machten. Er hatte nur das ausgesprochen, was Paula selbst schon die ganze Zeit gedacht hatte. Laut auszusprechen, dass es die beste Lösung wäre, wenn Amanda einfach gehen und den neuen Job annehmen würde, bräche ihr das Herz. Deswegen vermied Paula es und versuchte verzweifelt, einen anderen Weg zu finden. Finn war nach diesem Telefonat klar, dass die Sache mit Amanda nicht gut enden würde. Es würde kein Happy End geben, mindestens eine Person würde verletzt werden. Und diese Person würde seine Schwester sein. Er konnte nur hoffen, dass Paula diesen Schmerz irgendwann überwand. So, wie er Paula kannte, würde sie die Scherben, die Amanda hinterlassen würde, einsammeln, sich aufrappeln und weitermachen wie zuvor. Hoffentlich. Paula war eine der stärksten und mutigsten Frauen, die er kannte, niemals ließ sie sich unterkriegen. Für jedes Problem hatte sie in der Vergangenheit eine Lösung parat gehabt. Seine Bewunderung für seine kleine Schwester war in den letzten Wochen ins Unermessliche gestiegen. Es machte ihn glücklich und stolz, dass sie sich endlich vor ihren Eltern geoutete und ihren eigenen Weg eingeschlagen hatte. „Ich selbst wäre niemals so mutig", dachte er bei sich. Er wünschte sich so sehr, dass Paula in der Zukunft glücklich würde. Sie hatte es verdient.

Kapitel 29

Der Tag zog an mir vorbei, ohne dass ich viel davon mitbekam. Nach dem Telefonat mit Finn versuchte ich erneut, meine Gedanken zu sortieren. Seine Worte wühlten mich innerlich auf. Er hatte mit allem, was er gesagt hatte, recht. Ich versuchte weiterhin tapfer, seine Zweifel aus meinen Gedanken zu verbannen, aus Angst, sie würden die wundervolle Liebesblase, in der ich in den letzten Wochen gelebt hatte, zerplatzen lassen. Viel Arbeit erledigte ich an diesem Tag nicht mehr. Die Exceltabellen, die Präsentation, das alles interessierte mich nicht. Ich fragte mich, wie es wohl Amanda ging.

Amanda verließ das Büro, sobald die reguläre Arbeitszeit vorbei war. Keine Sekunde länger wollte sie hierbleiben. Am Nachmittag hatte sie mit Bill die Präsentation fertiggestellt. Die zwei Stunden, die er neben ihr gesessen hatte, waren ihr vorgekommen wie ein ganzer Tag. Immer wieder hatte er zu ihr gesehen, wenn er sich unbeobachtet fühlte. Er hatte sie mit einem Blick gemustert, der eine Mischung aus Verwunderung und Missachtung verriet. Keine Witze, keine Emotionen: nur professionelles Arbeiten. Selten hatte Amanda sich so unwohl gefühlt. Sie ging so schnell sie konnte nach Hause, denn sie hatte genug von diesem Tag, von ihren Mitarbeitern, von Celine, ihren Eltern und überhaupt der ganzen Welt. Paula hatte sich den ganzen Tag über nicht gemeldet. Sie dachte kurz darüber nach, ihr zu schreiben, ließ es dann aber doch. Paula hatte nach ihrem letzten Gespräch so überstürzt das Büro verlassen, dass sie sich sicher war, dass Paula etwas Ruhe wollte. Amanda vermisste sie. Selbst jetzt und nach allem, was an diesem Tag passiert war, vermisste sie Paula. Amanda war erst seit einer halben Stunde zuhause und gerade dabei, sich ein Glas Rotwein einzuschenken, als es an der Haustüre klingelte. „Was ist denn jetzt schon wieder?", stöhnte sie, stellte genervt das Glas auf dem Wohnzimmertisch ab und lief zur Tür. Sie drückte auf den Knopf der Gegensprechanlage und fragte: „Wer ist da?" Zu ihrem Entsetzen ertönte die fröhliche Stimme ihrer Mutter viel zu laut aus dem Lautsprecher. „Ich bin es, Amanda. Dein Vater und ich waren gerade in der Nähe und dachten, wir kommen kurz bei dir vorbei." „Fuck", flüsterte Amanda. „Was hast du gesagt, Schatz? Du musst lauter sprechen!", meinte jetzt ihr Vater. „Ähh, nichts. Ich mache auf", stammelte Amanda nach ein paar Sekunden. Ihre Eltern hatten sie in den letzten Jahren nur ein einziges Mal in ihrer Wohnung besucht, und das war direkt nach ihrem Einzug gewesen. Das war auch gut so, denn so hatte Amanda sich und ihre Geheimnisse vor ihnen verstecken können. Während sie die Schritte ihrer Eltern im Treppenhaus hörte, blickte sie sich hektisch in ihrer Wohnung um. Ihre Augen suchten jeden Winkel nach etwas ab, das sie verraten könnte. Auf den ersten Blick konnte sie nichts entdecken. Die Stimme ihrer Mutter ließ sie zusammenzucken: „Hallo, Amanda", grüßte sie und umarmte sie fest. „Hi, Mama, Hi, Papa", erwiderte Amanda, befreite sich aus der Umarmung und trat einen Schritt zurück, sodass beide eintreten konnten. „Warst du gerade beschäftigt? Ich hoffe, wir stören dich nicht. Wir waren gerade in der Stadt unterwegs, ganz in der Nähe." Ihr Vater sah sie erwartungsvoll an. „Oh. Nein, ihr stört überhaupt nicht. Ich bin gerade von der Arbeit gekommen. Wollt ihr etwas trinken?" Ihre Mutter strahlte sie an und meinte: „Gerne, wir nehmen ein Wasser." Amanda lächelte verkrampft. „Klar. Setzt euch doch schon mal ins Wohnzimmer. Ich bin gleich bei euch." Als sie in die Küche lief, um zwei Gläser Wasser für ihre Eltern zu holen, schmerzten ihre Wangenmuskeln, von den langen Minuten krampfhaften Lächelns. Wann ging dieser verdammte Tag endlich zu Ende? Er konnte wirklich nicht mehr schlimmer werden. Sie verließ die Küche, stellt ihren Eltern die zwei Gläser Wasser hin und schnappte sich selbst ihr Weinglas. Ihre Mutter nippte an ihrem Wasser, bevor sie bemerkte: „Es ist so schade, dass es am Wochenende nicht klappt. Wir hätten ihn so gerne kennengelernt, deinen geheimnisvollen Traummann." „Ja. Das ist wirklich blöd. Naja, es wird bestimmt noch andere

Möglichkeiten geben." Amanda hoffte, dass ihre Mutter das Thema nun endlich fallen lassen würde. Ihr Vater sah sich in ihrem Wohnzimmer um. „Hier sieht es immer noch genauso aus wie direkt nach deinem Einzug. Es wirkt alles so steril, fast wie im Krankenhaus", beobachtete er. Natürlich war das auch ihrer Mutter nicht entgangen. „Amanda, dein Vater hat recht. Ich sehe hier nichts Persönliches von dir. Man könnte fast meinen, du wohnst gar nicht hier. Keine Kerzen oder Dekoration, keine Pflanzen, keine Bilder oder Fotos." „Ich mag es so. Es gefällt mir. Ich mag es eben unpersönlich", rechtfertigte sich Amanda und spülte ihren Ärger über die Kommentare ihrer Eltern mit drei großen Schlucken Wein hinunter. Ihre Mutter gab sich mit ihrer Antwort nicht zufrieden. „Du hast nicht mal ein Foto von dir und deinem Freund hier irgendwo. Wir würden ihn so gerne mal sehen. Gibt es ein Foto? Vielleicht auf deinem Handy?" Amanda rutschte das Herz in die Hose. Was sollte sie jetzt tun? „Ja, klar. Es … es gibt natürlich ein Foto von ihm. Ich kann es euch gleich zeigen. Lasst mich nur kurz noch etwas Wein nachschenken. Wollt ihr auch noch etwas zu trinken?" Verwirrt über ihre Frage schauten ihre Eltern auf die noch vollen, kaum angerührten Wassergläser auf dem Tisch. Amanda stand auf und lief in die Küche. Sie stützte die Hände auf die kühle Arbeitsplatte „Denk nach, Amanda. Denk nach." Sie zog ihr Handy aus der Hosentasche und begann, ihre Fotos durchzusehen. Ihr Daumen scrollte eine endlose Anzahl von unterschiedlichen Fotos nach oben. Es war keines dabei, das sie ihren Eltern präsentieren konnte. „Ist alles in Ordnung hier?", fragte ihr Vater, der plötzlich in der Tür stand. Amanda erschrak. „Ja, klar. Alles okay. Ich suche gerade ein Foto, auf dem man ihn gut erkennen kann." Dass ihr Vater sich vorbeugte, um einen Blick auf den Display zu erhaschen, damit hatte sie nicht gerechnet. „Ist er das? Der sieht nett aus! Anständig." Ihr Vater zeigte mit seinem Zeigefinger auf das Bild, das zufällig auf dem Display erschien. Es zeigte ihren Kollegen Bill an dem Abend, an dem sie alle zusammen essen waren. Bill hatte ein bisschen zu viel getrunken und lächelte beschwipst in die Kamera. Ein Kollege hatte das Bild gemacht und es an alle Mitarbeiter gesendet. Da kam Amanda eine Idee. „Ja. Ganz genau, das ist er. Das ist Bill. Mein absoluter Traummann", erklärte Amanda und versuchte dabei, die Missachtung, die sie seit einigen Tagen für ihn empfand, zu unterdrücken. Jetzt erschien auch ihre Mutter in der Küche. Bevor Amanda reagieren konnte, schnappte sich ihr Vater das Handy und hielt es ihrer Mutter vor die Nase. „Hier, das ist dein zukünftiger Schwiegersohn. Sein Name ist Bill." Ihre Mutter lief vor Aufregung rot an. Sie betrachtet das Bild, zoomte einmal etwas dichter ran und rief mit quietschender Stimme: „Der ist ja wirklich süß! Er sieht gut aus! Wo hast du dieses Goldstück denn kennengelernt?" Amanda schmunzelte geheimnisvoll. „Das bleibt erstmal mein Geheimnis." Ihre Mutter lachte. „Na gut. Wir freuen uns sehr, ihn bald kennen zu lernen." „Na klar. Er freut sich auch sehr", log Amanda. Bevor diese Situation noch mehr ausarten konnte, warf sie einen Blick auf die Uhr und meinte: „Oh je, es ist schon so spät! Ich muss noch etwas für die Arbeit vorbereiten." Damit schob sie ihre Eltern aus der Küche und in Richtung Wohnungstür. „Schon gut, schon gut. Wir gehen und lassen dich in Ruhe arbeiten", beschwichtigte ihr Vater sie. Wieder umarmte ihre Mutter sie fest zum Abschied, bevor Amanda endlich die Tür hinter ihnen schloss und alleine war. „Bill, ernsthaft? Oh mein Gott! Lieber würde ich mir in beide Kniescheiben schießen und auf Ellbogen zur Arbeit robben als diesen Typ zu daten." Bei dem Gedanken daran musste Amanda lachen, aber das Lachen wich sehr schnell dem Gefühl der Verzweiflung. Wie lange wollte sie dieses nervenaufreibende Spiel noch spielen? Wie lange konnte sie diese Lüge noch aufrecht erhalten? Es machte sie müde, müde und traurig. Ihre Eltern drangen immer wieder ungefragt in ihre Privatsphäre ein oder mischten sich in ihr Leben ein. Jetzt hatte sie sogar eine Beziehung mit Bill erfunden, aus der reinen Not heraus. Es wurde wirklich Zeit, eine Entscheidung zu treffen. Amanda kramte die Pro- und Contra-Liste, die Paula und sie erstellt hatten, aus einer Schublade heraus. Sie setzte sich im Schneidersitz auf ihr Sofa und starrte auf die Liste, die vor ihr lag. In diesem Moment wünschte sie sich so sehr, dass jemand anders für sie diese Entscheidung treffen könnte, aber das würde niemals geschehen. Sie allein musste das tun. Nach diesem Tag sprangen sie die Argumente für den Jobwechsel geradezu an und ließen ihren Wunsch nach einem Jobwechsel immer größer werden. Die Worte verschwammen vor ihren Augen. Sie versuchte, die Tränen wegzublinzeln, aber ohne Erfolg. Die Lösung, die richtige Entscheidung, lag auf der Hand. Sie war bis jetzt nur zu feige gewesen, sie laut auszusprechen oder den Gedanken zu Ende zu denken. Egal ob sie ihrem Kopf oder ihrem Herz diese Entscheidung überließ, es würde auf das Gleiche hinauslaufen. Ihr Kopf sagte ihr, sie sollte gehen und das Jobangebot annehmen: mehr Gehalt, mehr Verantwortung, ihr Traumjob. Ihr Herz sagte ihr das Gleiche, nur aus anderen Gründen. Einer davon war Paula. Sie würde Paula zwar verlassen, aber gleichzeitig würde sie auch alle Probleme mit sich nehmen, alle Gerüchte und die Gefahr, dass Paula ihren Job verlor. Paula und sie wären Celine los. Natürlich dachte Amanda auch an den heutigen Abend. Sie müsste die Lüge mit Bill nicht mehr aufrechterhalten und ihren Eltern keinen imaginären Fantasiefreund vorstellen. Alle ihre Probleme wären gelöst, wenn sie den neuen Job annähme. Amanda wusste, dass es ihr das Herz zerreißen würde, Paula zu verlassen, aber sie sah gerade keinen anderen Ausweg aus dieser Situation, die vollkommen außer Kontrolle geraten war. An diesem Abend traf Amanda ihre Entscheidung.

Kapitel 30

Obwohl ich mich am folgenden Morgen fühlte, als hätte man mir mit einem riesigen Hammer auf den Kopf geschlagen, beschloss ich, im Büro zu erscheinen. Bei dem Gedanken, Amanda dort mit all den Idioten ganz allein zu lassen, fühlte ich mich schlecht. Die Hoffnung, dass sich das Problem über Nacht in Luft aufgelöst hatte, machte ich mir schon lange nicht mehr. Ich schmiss eine Kopfschmerztablette ein, die ich mit ein paar Schlucken Kaffee hinunterspülte, und machte mich dreißig Minuten später schlecht gelaunt auf den Weg ins Büro. Kurz bevor ich das Büro betrat, vibrierte mein Handy in meiner Hosentasche. Bei dem Versuch, das Handy herauszufischen, rutschte mir meine Umhängetasche von der Schulter und fiel polternd auf den Boden. „Scheiße. Oh Gott, was für ein beschissener Tag heute!", schrie ich wütend. Dann bückte ich mich, um meine Sachen aufzusammeln: Stifte, loses Papier und mein Laptop lagen über drei Meter verstreut auf dem Boden vor mir. Plötzlich rempelte mich jemand unsanft am Rücken an. „Oh. Sorry, Paula", murmelte Bill und schob sich schnell an mir vorbei durch die Tür. „Du könntest dich auch bücken und mir helfen, meine Sachen einzusammeln", dachte ich gereizt. Nachdem ich alles aufgesammelt hatte, blickte ich auf mein Handy. Es war eine WhatsApp-Nachricht von Amanda. Gestern hatte sie den ganzen Tag über nichts von sich hören lassen, und jetzt kam es mir auf einmal vor, als hätte ich ewig nicht mehr mit ihr gesprochen. Ihre Nachricht beunruhigte mich: „Wenn du heute im Büro bist, müssen wir reden! Es gibt Neuigkeiten. Ich hoffe, es geht dir gut. Ich vermisse dich. XO"

Als Amanda an diesem Morgen die Augen öffnete, stellte sie verwundert fest, dass sie sich leer fühlte. Nachdem sie gestern endlich die Entscheidung getroffen hatte, die ihr die letzten Tage über so viel Kopfzerbrechen bereitet hatte, hatte sie etwas anderes erwartet. Sie müsste eigentlich etwas anderes fühlen, wie Erleichterung, Freude oder zumindest ein wenig Hoffnung, aber sie fühlte nichts von alldem. Sie war zerstreut an diesem Morgen. Noch bevor sie die Dusche betrat, spukten ihr hundert Gedanken durch den Kopf. Unter der Dusche schloss sie für einen Moment die Augen und stellte sich vor, sie wäre zusammen mit Paula an einem anderen Ort. Einem Ort, an dem sie beide im weichen Gras liegen und dem Rauschen der Blätter im Wind lauschen konnten. Ein Ort, an dem die warme Sommersonne Paulas weiße, weiche Haut kitzelte und Amanda ihre zarten Lippen küssen konnte. Die Leere, die sie fühlte, verschwand für einen kurzen Augenblick. Als sie die Augen wieder öffnete, kam sie schlagartig wieder in der brutalen Realität an. Heute würde sie ihren Chef über ihre Entscheidung informieren, sofort, sobald sie im Büro ankommen würde. Je schneller sie das erledigt hatte, desto besser. Ein kurzes Telefonat, das alles verändern würde.

Nachdem ich meine Tasche auf meinem Schreibtisch abgelegt und Bill mit einem bösen Blick gestraft hatte, klopfte ich an Amandas Bürotür. Sie hob den Blick und sah mich durch die Glastür hindurch an. Nach weniger als einer Sekunde meinte sie: „Komm rein, Paula." Ich trat ein, schloss leise die Tür und setzte mich ihr gegenüber. „Was hat deine Nachricht zu bedeuten, Amanda? Welche Neuigkeiten meinst du? Sag mir nicht, dass es noch mehr Fotos von uns beiden gibt." Ich zwang mich, leise zu sprechen. Amanda rutschte nervös auf ihrem Stuhl hin und her. Ich hasste es, wenn sie das tat, denn es bedeutet nichts Gutes. Offensichtlich fühlte sie sich nicht wohl in ihrer Haut. „Paula, wie geht es dir?" Ich zog eine Augenbraue hoch. „Wie soll es mir schon gehen? Diese Situation hier ... ist ... sie ist beschissen. Was wolltest du mir mitteilen?" Amanda startete einen neuen Versuch: „Ja du hast Recht. Wir stecken in der Scheiße, und zwar bis zum Hals. Und gestern ist noch etwas passiert ... das war ..." Ich unterbrach sie: „Wie meinst du das? War noch etwas mit Celine?" Panik stieg in mir hoch. Amanda legte ihre Hand beruhigend auf meine. „Nein, nein. Es war nicht Celine. Meine Eltern haben mir einen Überraschungsbesuch abgestattet. Sie sind einfach so bei mir zuhause reingeschneit. Und dann kam eins zum anderen. Ich hatte Panik und habe ihnen erzählt, dass ich eine Beziehung mit ... Bill habe." Sie holte tief Luft. „Du hast was? Mit Bill? Mit unserem Bill? Wieso?" Ich wusste nicht, ob ich lachen oder weinen sollte. Amanda stand auf und lief unruhig vor ihrem Schreibtisch hin und her, während sie erklärte: „Meine Eltern wissen, dass ich jemanden treffe. Sie denken, er ist ein junger Mann, und sie wollten ein Foto sehen. Es war Zufall, dass sie das Foto von Bill auf meinem Handy entdeckt haben. Es war das Foto vom Teamessen. Du weißt schon, wo Bill so besoffen in die Kamera lächelt. Sie wollen ihn kennenlernen." Ich sah sie entgeistert an und schüttelte den Kopf. „Amanda, du musst ihnen die Wahrheit sagen! Du reitest dich da immer tiefer rein." Amanda sah mich mit glühenden Wangen an. „Nein, das kann ich nicht. Das geht nicht", sagte sie laut. „Was hast du dann vor? Waren das die Neuigkeiten, die du mir mitteilen wolltest? Du hast jetzt eine Beziehung mit Schwachkopf-Bill?" Amanda ließ sich in ihren Stuhl zurückfallen. Ihre Hände zitterten nervös und ihre Stimme wurde brüchig. „Das waren nicht die Neuigkeiten, die ich dir erzählen wollte. Ich... ich werde alle diese Probleme hier lösen. Ich werde das Jobangebot annehmen. Ich werde weggehen." Tränen füllten ihre braunen Augen. Sie wendete den Blick ab und schaute aus dem Fenster, als könne sie meinen Blick und meine Reaktion auf ihre Nachrichten nicht ertragen. Dieser Moment zog mir den Boden unter den Füßen weg. Ich konnte und wollte nicht glauben, dass Amanda das gerade wirklich gesagt hatte. Ich sprang von meinem Stuhl auf und fuhr mir mit nervös zitternden Fingern durch die Haare. „Nein. Das meinst du nicht ernst. Das kannst du nicht machen." „Doch. Es ist die beste

Lösung, Paula." Meine Stimme wurde lauter und Wut stieg in mir auf. „Das ist keine Lösung, Amanda. Du rennst davon. Du rennst einfach vor allem davon." Amanda stand auf, lief um den Schreibtisch herum und legte ihre Hand auf meinen Unterarm, um mich zu beruhigen. „Bitte. Paula, ich mache das für uns beide. Wir behalten beide unseren Job und wir sind die Gerüchte los. Wir können beide wieder ein normales Leben führen, ohne diesen Stress und diese Angst." Ich konnte meine Wut und Enttäuschung über ihre Entscheidung nicht mehr länger zurückhalten und schlug ihre Hand weg. „Ich scheiß auf diesen Job und auf die Gerüchte. Sollen sie doch sagen was sie wollen. Geh nicht, Amanda." Ich wurde so laut, dass Bill, der uns offensichtlich gehört hatte, besorgt den Kopf zur Tür reinsteckte. „Ist hier alles okay?", fragte er vorsichtig. Ich zischte ihn wütend an: „Verpiss dich, Bill. Das hier geht dich nichts an." Mit beiden Händen schlug ich ihm die Tür vor der Nase zu. Bevor ich noch etwas sagen konnte, nahm Amanda mich in den Arm und drückte mich fest an sich. Sie flüsterte mir ins Ohr: „Paula, bitte sei nicht böse auf mich. Ich versuche nur, das Richtige zu tun. Das ist die schwerste Entscheidung, die ich je habe treffen müssen. Glaub mir das, bitte." Ich verstand, was sie sagte, doch das änderte nichts an der Tatsache, dass mich jedes Wort aus ihrem Mund innerlich mehr und mehr zerbrechen ließ. Sie nahm mein Ge-sicht in beide Hände und wischte mit ihren Daumen meinen Tränen weg. „Ich werde es den anderen heute Mittag beim Meeting sagen." Ich schluckte laut und schniefte. „Amanda, ich kann das nicht. Ich will bei diesem Meeting nicht dabei sein. Wann? Wann wirst du weg sein?" Sie sah mich liebevoll an. „Okay. Ich werde diese Woche noch hier sein. Dann habe ich zwei Wochen Urlaub genommen, um alles vorzubereiten. Und dann …" Sie sprach den Satz nicht zu Ende. „Paula, ich erzähle den anderen, dass du wegen einer Migräne nach Hause gegangen bist, dann musst du beim Meeting nicht dabei sein. Können wir uns heute Abend sehen? Ich möchte darüber in Ruhe mit dir sprechen." Amanda wischte sich eine Träne von der Wange und versuchte, tapfer zu bleiben. Ich nickte nur, stand unsicher auf und wankte aus dem Büro. Meine Beine fühlten sich taub und mein Kopf tonnenschwer an. So fühlte es sich also an, wenn die größte Angst Wirklichkeit wurde. Ohne ein einziges Wort zu sagen, nahm ich meine Tasche und verschwand aus dem Büro. Zum zweiten Mal in dieser Woche ließ ich einen verwirrten Bill im Büro zurück.

Kapitel 31

Amanda saß an ihrem Schreibtisch, ihre Augen fixierten die graue Oberfläche des Tisches. Sie spürte, wie ihr erneut Tränen in die Augen stiegen. Sie schluckte und wischte sie sich weg. Die ganze Zeit hatte sie den Gesichtsausdruck von Paula vor Augen. Sie konnte noch immer die Wut und Enttäuschung in ihnen sehen. Niemals hatte sie vorgehabt, Paula zu enttäuschen. Als Paula erwiderte, Amanda würde vor ihren Problemen davonrennen, traf sie genau ins Schwarze. Amanda hatte sich in der Vergangenheit so vielen Herausforderungen gestellt, aber dieses eine Mal rannte sie davon. Sie flüchtete vor den Gefühlen für Paula, die sie nicht mehr spüren wollte, vor den wirren Gedanken in ihrem Kopf und der Angst, nicht genug zu sein für ihre Familie. In einer Stunde würde das Meeting stattfinden, in dem sie auch das restliche Team über die bevorstehende Veränderung informieren würde. Sie schloss die Augen und ging im Kopf jeden einzelnen Satz durch, den sie sagen wollte. Schon im Vorfeld suchte sie nach passenden Antworten auf Fragen, die das Team stellen könnte. Auf gar keinen Fall wollte sie heute von irgendetwas überrascht werden. Vermutlich hatte Bill sowieso jedes einzelne Wort des Gesprächs mit Pau-la gehört und es wurde bereits untereinander getuschelt. Amanda lief auf die Toilette, um ihre glühenden Wangen mit kaltem Wasser zu kühlen. Sie blickte ihrem Spiegelbild selbstsicher in die Augen und sagte: „Du schaffst das. Stell dich nicht so an. Zieh das jetzt einfach durch."

Es kam mir vor, als hätte man mich komplett in Watte gepackt. Die Welt um mich herum, alle Geräusche und den Lärm der Stadt nahm ich nur gedämpft wahr. Meine Beine gingen wie ferngesteuert den Weg vom Bürogebäude bis nach Hause. Ich betrat meine Wohnung. Die Tasche rutschte mir von der Schulter. In meinem Kopf dröhnte es, ein Wirrwarr an wilden dunklen Gedanken. Ich wollte nicht mehr weiter nachdenken. Wozu auch? Ich lief in mein kleines Schlafzimmer, wo ich mich wie ein Embryo unter meiner

Decke im Bett zusammenrollte und die Augen schloss. Nach wenigen Sekunden schlief ich ein, in meiner Wattewolke, in einer Mischung aus Schockstarre und Enttäuschung.

Amanda versuchte, den Konferenzraum, in dem bereits alle ihre Mitarbeiter versammelt waren, so selbstsicher wie möglich zu betreten. Das war alles andere als leicht. Alle starrten sie an. Sie atmete geräuschvoll aus und setzte sich dann an das Kopfende des großen Tisches. Es herrschte Totenstille. Jede einzelne ihrer Bewegungen wurde ganz genau beobachtet. Amanda räusperte sich, doch ihre Stimme klang heiser, als sie begann: „Gut, dass ihr alle da seid. Ich möchte euch etwas Wichtiges mitteilen." Sie blickte in zehn neugierige Augenpaare. Ein Mitarbeiter flüsterte seinem Nachbarn ins Ohr: „Alle, außer Paula. War ja klar, dass sie nicht dabei ist." Amanda bedachte ihn kurz mit einem bösen Blick und sagte dann in die Runde: „Paula lässt sich entschuldigen. Sie leidet heute unter einer üblen Migräne und ist vorhin nach Hause gegangen. Mit ihr hatte ich bereits ein Einzelgespräch. Sie ist also im Bilde über das Thema, um das es heute geht. So, und jetzt zum wirklich Wichtigen. Ich werde diese Abteilung verlassen und in eine andere Abteilung an einen anderen Standort wechseln, und das schon recht bald." Sie wartete einen Moment, bevor sie hinzufügte: „Ihr habt wirklich gute Arbeit geleistet und es hat mir sehr viel Spaß gemacht, mit euch zusammenzuarbeiten." Der letzte Satz kam ihr nicht ganz so leicht wie geplant über die Lippen, besonders nach dem Verhalten ihrer Mitarbeiter in den vergangenen Tagen. Es kostete sie große Überwindung, professionell zu bleiben und nicht emotional zu werden. Bill meldete sich zu Wort: „Das … kommt jetzt etwas überraschend." Amanda warf ihm einen eisigen Blick zu. „Ja, das stimmt, aber ich denke, es ist die richtige Entscheidung. Bestimmt wird mein Nachfolger in Kürze bekannt gegeben. Er wird sicherlich gut zu euch passen." Keiner der anderen Mitarbeiter sagte etwas. Manche sahen sie ungläubig an, andere senkten den Blick betroffen. „Ich bin noch diese Woche anwesend, dann werde ich weg sein. Wer noch Fragen dazu oder Redebedarf hat, kann mich also gerne noch die kommenden Tage ansprechen." Das sagte sie bloß aus reiner Höflichkeit. Sie hatte absolut nicht das Bedürfnis, diesen Idioten ihre neugierigen und dummen Fragen zu beantworten. Amanda rang sich mühsam ein Lächeln ab, stand auf und verließ mit schnellen Schritten den Konferenzraum. Ihr Auftritt war kurz, aber sie hatte das Wichtigste gesagt. Mehr mussten die anderen nicht wissen. Unter normalen Umständen hätte sie ihre Entscheidung näher erläutert und ihren Mitarbeitern Zeit gelassen, um Fragen stellen zu können, aber das hier waren keine normalen Umstände. Schon diese fünf Minuten waren eine Qual gewesen. „Was soll's? Sie denken doch eh, was sie wollen. Und bald sind sie Vergangenheit", dachte Amanda. Jetzt, wo alle über ihre Entscheidung Bescheid wussten, überflutete sie eine Welle der Erleichterung. Das Telefonat mit ihrem Chef am Morgen war gut verlaufen. Er war begeistert gewesen und hatte ihr sogar Hilfe für den bevorstehenden Umzug angeboten. Nicht einmal eine Wohnung musste sie selbst suchen. Die Firma bot ihr ein Apartment an, das sie mieten konnte. Dieses Angebot nahm sie gerne an. Das Gespräch mit Paula war schlimm und das Meeting unangenehm gewesen, trotzdem fiel eine tonnenschwere Last von ihr ab. Nun stand ihr nur noch das Gespräch mit ihren Eltern bevor. Ihnen hatte sie noch gar nichts von dem Jobangebot gesagt, aus Angst, ihre Mutter könnte ausflippen bei dem Gedanken, dass sie so weit wegzog.

Um kurz nach acht Uhr abends erwachte ich aus meiner Schockstarre. Verwirrt schlug ich die Bettdecke zurück, setzte mich auf und brauchte einen Moment, um mich zu orientieren. Nach einer Minute fiel mir alles wieder ein. Enttäuscht darüber, dass all das nicht nur ein Traum, sondern harte Realität war, wollte ich mich wieder unter meiner Decke zusammenrollen, als es an der Tür klingelte. Langsam stieg ich aus dem Bett, tappte durch den Flur und drückte auf den Knopf der Gegensprechanlage. „Was ist? Wer ist da?" Meine Stimme war leise. „Paula, mach auf! Ich bin es. Bitte lass mich rein." Als ich Amandas sanfte Stimme hörte, war ich mit einem Schlag hellwach und öffnete die Haustür. Während sie die Treppe nach oben rannte, riskierte ich einen Blick in den Spiegel. Das war ein Fehler. Mein Anblick war erbärmlich. Der Lidstrich war verschmiert, meine Augenlider rot und geschwollen. Ich sah aus wie ein Waschbär auf Drogen. Bevor ich daran etwas ändern konnte, stand Amanda auch schon vor mir in der Tür. „Ach, Paula", meinte sie und umarmte mich. Ihre Arme hielten mich so fest an sie gedrückt, dass ich kaum Luft bekam. Als sie mich losließ, ging ich kommentarlos ins Wohnzimmer, wo ich mich auf das Sofa setzte. Amanda folgte mir und setzte sich dicht neben mich. Mein Kopf war voller Gedanken, voller Wörter und Sätze. Ich wusste nicht, was ich sagen oder wo ich anfangen sollte, also sagte ich erst einmal gar nichts, saß still da und betrachtete Amandas Gesicht. Bei dem Gedanken, nicht mehr in diese braunen, ehrlichen Augen sehen und ihre Lippen nicht mehr spüren zu können, fühlte ich einen schmerzhaften Stich in meiner Brust. Amanda nahm meine Hand in ihre und erwiderte meinen Blick. „Ich weiß, dass du enttäuscht und verletzt bist wegen der Entscheidung, die ich getroffen habe. Sie ist mir selbst nicht leicht gefallen. Es war eine der schwersten Entscheidungen in meinem Leben, Paula." „Wieso? Wieso hast du dich so entschieden, Amanda?" „Ich habe mich dafür entschieden zu gehen, weil es die beste Lösung ist", antwortete Amanda. Das konnte und wollte ich so nicht akzeptieren. „Die beste Lösung oder die einfachste?" „Was genau meinst du damit, Paula?" Ich stand auf und lief vor dem Sofa auf und ab. „Ich meine damit, dass du den einfachsten Weg aus dieser Situation heraus wählst, wenn du gehst. Du rennst vor allen Problemen davon. Denkst du ernsthaft, dass es irgendetwas ändern wird? Denkst du etwa, du drehst all dem einfach den Rücken zu und die Probleme verpuffen? Das wird nicht passieren, Amanda. Niemals." Meine Stimme klang wütender als beabsichtigt. „Du hast keine Ahnung, wovon du sprichst, Paula." Dieser Satz ließ mich noch mehr aus der Haut fahren. „Oh doch, Amanda. Du hast Angst. Du hast Angst davor, dich vor deinen Eltern zu outen, oder dass es jemand anders für dich tun könnte. Du hast Angst davor, dass dein Doppelleben auffliegt und es ungemütlich werden könnte für dich." Jetzt sprang Amanda auf und stellte sich direkt vor mich. „Ich tu das nicht nur für mich! Ich mache das auch, um dich zu beschützen. Kapierst du das nicht?" Ich kniff wütend die Augen zusammen und zischte sie an: „Ich muss nicht beschützt werden. Ich möchte mit dir zusammen sein, und ich möchte, dass du bei mir bleibst. Also wenn du etwas für mich oder uns tun wolltest, dann würdest du bleiben und dich nicht einfach so verpissen." Amandas Augen sprühten Funken vor Wut. „Mich einfach so verpissen? Wirklich, so siehst du das?" Sie stand so dicht vor mir, dass unsere Nasen sich berührten. Ich wich keinen Millimeter zurück. „Ja, so sehe ich das. Du sagst, dass du mich liebst, und jetzt lässt du mich hier im Stich, nur weil du nicht mutig genug bist, deine Maske abzusetzen und der Welt zu zeigen, wer du wirklich bist." Ich wusste nicht, woher diese Worte in diesem Moment kamen, aber ich meinte jedes einzelne genau so, wie ich es sagte. Amanda wich einen Schritt zurück. Auf ihrem Gesicht konnte ich sehen, wie wütend sie über meine Worte war. „Du hast Recht, ich bin nicht mutig genug. Und genau deswegen hatte ich auch in den letzten Jahren keine festen Beziehungen und werde auch in Zukunft keine haben." Ihre Stimme klang eisig. „Wie meinst du das?", fragte ich. Amanda antwortete nicht sofort, sondern setzte sich wieder auf das Sofa. Ich setzte mich neben sie und sah sie fragend an. Meine Wut hatte sich schon wieder etwas gelegt. Sie atmete einmal tief ein und aus. „Paula, das hier … das alles die letzten Wochen, das war wunderschön. Wie ein Traum. Aber Träume werden nie Wirklichkeit, sie bleiben immer Träume." Ich unterbrach sie: „Aber wir sind doch echt! Das hier ist die Wirklichkeit." „Ich meinte jedes einzelne Wort ehrlich, das ich zu dir gesagt habe. Immer." Ich wurde ungeduldig. „Amanda, worauf läuft das hinaus? Was genau willst du mir sagen?" Amanda konnte mir bei den folgenden Sätzen nicht in die Augen sehen. „Ich kann gerade keine Beziehung führen. Ich will es nicht. Wie soll das gehen? Du selbst hast gesagt, dass ich das alles nicht für immer verstecken kann. Ich werde hunderte Kilometer weit weg sein. Ich will dir das alles einfach nicht antun. Ich fühle mich gerade wie eine wandelnde Katastrophe." Obwohl ich geahnt hatte, dass es darauf hinauslaufen würde, wusste ich nicht, wie ich damit umgehen sollte. Sie sagte das so entschlossen, dass es sinnlos war, ihr zu widersprechen. Meine Zunge lag bleischwer in meinem Mund. Meine Augen füllten sich innerhalb von Sekunden mit Tränen, sodass ich sie nur noch verschwommen wahrnahm. „Ich liebe dich, Paula. Ich habe dich nie angelogen. Ich will, dass du das weißt." Das war in diesem Moment einfach zu viel für mich. Ich saß wie versteinert vor ihr und flüsterte: „Geh. Ich will, dass du gehst." Sie versuchte, nach meiner Hand zu greifen, aber ich zog sie weg und sagte etwas lauter: „Bitte geh."

Paulas Worte trafen Amanda wie ein Pfeil in die Brust. Ohne ein weiteres Wort zu sagen stand sie auf und verließ die Wohnung. Auf dem kurzen Weg nach Hause rang sie mehrmals mit sich selbst, wieder umzudrehen und zu Paula zurückzugehen. Sie war sich aber sicher, dass Paula die Tür nicht öffnen würde. Noch nie hatte sie Paula so erlebt. Innerhalb von Sekunden hatte Amanda mit wenigen Sätzen alles zerstört. Paula hatte keine Berührung mehr zugelassen und sich abgeschottet. Amanda konnte nicht mehr an sie herankommen. Da war sie wieder, die eiskalte Hand, die ihr das Herz in der Brust zerdrückte. Sie konnte kaum atmen. Die Erleichterung, die sie mittags gespürt hatte, war verschwunden und Amanda fiel ins Bodenlose. In dieser Nacht konnte sie nicht schlafen. Sie weinte, machte sich Vorwürfe, zweifelte an allem, vor allem an sich selbst, und dachte an Paula. Wie würde es ohne sie sein? Auch wenn sie versuchte, es sich vorzustellen, es gelang ihr nicht. Wieso verlässt man jemanden, den man über alles liebt? Paula würde irgendwann daran zerbrechen, an dem Versteckspiel, das Amanda schon seit Jahren mit ihrer Familie spielte, und an der Entfernung, die zwischen ihnen liegen würde. Amanda wollte verhindern, dass es so weit kam. Paula konnte das alles jetzt noch nicht begreifen. Tief in ihrem Herzen hatte Amanda noch einen kleinen Funken Hoffnung, dass sie es eines Tages verstehen und ihr verzeihen würde.

Kapitel 32

Als ich am kommenden Morgen die Augen öffnete, schwirrten mir die Bilder des Vorabends durch den Kopf. Ich hatte gehofft, dass mein Gehirn versucht hatte, möglichst viele Erinnerungen auszulöschen, um mich davor zu schützen, wie eine Art Selbstschutz. Stattdessen konnte ich mich noch sehr genau an unseren Streit erinnern. Jedes einzelne Wort, das aus meinem und Amandas Mund kam, hatte sich tief in mein Gedächtnis gegraben. Mir war absolut klar, dass meine Worte sie verletzt hatten. Es war aber nun mal die Wahrheit, und Amanda wusste das genauso gut wie ich. Der Gedanke, dass Amanda gestern alles beendet hatte, was zwischen uns gewesen war, lähmte meinen Körper. Ich hatte bis zuletzt gehofft, dass sie sich für mich und gegen den neuen Job entscheiden würde. Der Gedanke, dass sie mich tatsächlich im Stich lassen könnte, war mir so unwirklich erschienen, und doch war es so gekommen. Meine größte Angst ist zur bitteren Realität geworden. „Ich kann heute nicht zur Arbeit gehen. Ich kann einfach nicht", flüsterte ich vor mich hin. Ich nahm mein Handy, das neben dem Bett lag, und wählte die Nummer unserer Personalabteilung im Büro. Nach dem zweiten Klingeln hörte ich die Stimme einer Frau, die mich fragte, wie sie mir weiterhelfen könnte. Mit heiserer Stimme nannte ich meinen Namen und die Abteilung, und meldete mich für den Rest der Woche krank. Nachdem ich aufgelegt hatte, zog ich mir die Decke über den Kopf und fiel bereits nach wenigen Sekunden in einen unruhigen Schlaf.

Amanda fühlte sich wie ausgekotzt an diesem Morgen, trotzdem erschien sie überpünktlich im Büro. Sie musste noch einige Dinge erledigen, sodass ihr Nachfolger ihren Platz ohne weitere Probleme würde einnehmen können. Auf ihrem Schreibtisch fand sie einen Zettel mit einer Notiz: Paula ist für den Rest der Woche krangemeldet. Sofort zog sie ihr Handy aus der Tasche und schrieb ihr eine Nachricht: „Du hast dich krankgemeldet? Was hast du? Bitte melde dich." Sie nahm den Zettel vom Tisch und ging zu Bill, der im Büro nebenan konzentriert auf seinen Computerbildschirm starrte. Sie legte ihm den Zettel direkt vor die Nase und fragte: „Ist die Notiz von dir?" Er zuckte kurz zusammen. „Musst du dich so von hinten anschleichen? Du hast mich erschreckt." „Ich schleiche mich an, wann immer ich will. Also, hast du mir das auf den Tisch gelegt?", fragte sie ungeduldig. „Ähm ja. Habe ich. Die aus der Perso hat angerufen und mir diese Info weitergeleitet." „Hat sie auch erwähnt, was Paula hat? Oder so?" Amanda versuchte, die Aufregung in ihrer Stimme zu unterdrücken, doch es gelang ihr nicht. „Nein, das sagen sie doch nie. Krank eben. Krank ist krank." Bill sah sie verwundert an, bevor er sich wieder den Zahlen auf seinem Bildschirm widmete. „Okay. Danke, Bill", erwiderte Amanda und verließ sein Büro. Die Krankmeldung von Paula machte sie unruhig. Bis jetzt hatte Paula auch noch nicht auf ihre Nachricht geantwortet. Sie war sich sicher, dass sie nicht wirklich krank war. Sie wollte sich von ihr fernhalten. „Ich habe mit ihr Schluss gemacht. Meine Worte haben sie verletzt. Natürlich kommt sie heute nicht wie gewöhnlich zur Arbeit. Was habe ich auch erwartet? Sie will mich nicht mehr sehen", dachte Amanda. Trotz allem schmerzte Paulas Abwesenheit sie. Sie setzte sich an ihren Schreibtisch, stützte den Kopf in ihre Hände und stöhnte: „Was habe ich nur angerichtet? Ich wünsche mir die letzten Wochen zurück. Die glückliche, sorglose Zeit."

Es war schon drei Uhr nachmittags, als ich mich endlich bereit fühlte, mein warmes, sicheres Bett zu verlassen. Ich hatte keinen Hunger, also machte ich mir nur einen Kaffee und setzte mich mit meinem Handy aufs Sofa. Erst jetzt entdeckte ich die WhatsApp-Nachricht, die Amanda mir am Morgen geschickt hatte. Sie schien besorgt um mich zu sein. Ich hatte keine Lust, mich zu erklären oder mit ihr zu sprechen, also schrieb ich ihr bloß eine kurze Nachricht: „Fühle mich nicht gut. Mach dir keine Sorgen." Das war's. Es war nicht mehr ihre Aufgabe, sich um mich zu sorgen. Seit gestern nicht mehr. Gerade, als ich das Handy aus der Hand legen wollte, fing es an zu vibrieren. Ein Anruf von Finn. Ich drückte ihn weg, doch eine Sekunde später rief er wieder an. Er war unnachgiebig. „Ja?", meinte ich immer noch etwas heiser ins Telefon. „Wieso hast du mich weggedrückt? Bist du gerade in der Arbeit? Ich wollte nur mal nachfragen, wie es dir geht und was sich im Fall Amanda so getan hat." Meine Unterlippe begann zu zittern. Ich versuchte, tapfer zu bleiben und nicht schon wieder zu weinen. „Ich bin krankgeschrieben. Bin zuhause." „Oh, was hast du denn?" Finn klang ehrlich besorgt um meine Gesundheit. „Ich bin gesund, aber ich … ich kann heute einfach nicht zur Arbeit gehen." „Das klingt nicht gut. Hat es etwas mit Amanda zu tun?" „Ja. Hat es." Finn atmete laut in den Telefonhörer. „Sie nimmt den Job an, richtig? Ist es das?" Ich schluchzte ins Telefon: „Ja. Finn, du hattest recht, mit allem. Oh Gott, ich war so dumm zu glauben, dass es anders sein könnte." „Paula, du warst nicht dumm. Darauf hast du doch keinen Einfluss. Es ist Amandas Entscheidung." Ich putzte mir die Nase, bevor ich ihm von dem letzten Abend erzählte: „Wir haben uns gestritten. Ich habe ihr wirklich gemeine Dinge an den Kopf geworfen. Ich habe ihr so viele Vorwürfe gemacht, weil ich so wütend war. Sie hat alles beendet. Amanda möchte keine Beziehung mit mir haben." Diesen Satz das erste Mal laut aus-zusprechen tat weh. Finn versuchte, meinen Schmerz mit Worten zu lindern. „Das tut mir leid. Ich kann verstehen, dass du wütend und traurig bist. Das tut jetzt weh, aber irgendwann vergeht dieses Gefühl wieder. Vielleicht besteht ja doch noch eine Chance für euch, wenn Amanda erst mal etwas Abstand zu der ganzen Sache hat." Ich schüttelte hoffnungslos den Kopf. „Ich weiß nicht, Finn. Ich weiß nicht mal, was ich im Moment fühle." „Das braucht alles etwas Zeit. Du wirst sehen, es wird alles wieder gut. Ganz bestimmt. Lass den Kopf nicht so hängen." Ich versprach ihm, mein Bestes zu tun, und beendete das Telefonat. An diesem Tag sprach ich mit niemandem mehr. Ich versuchte, mich mit Netflix-Serien abzulenken. Ab und zu schlief ich ein und träumte von wilden dunklen Strudeln, die mich in die Tiefe zogen, immer tiefer hinein, bis ich selbst nur noch ein winziger schwarzer Punkt war. Die kommenden zwei Tage verbrachte ich auf ähnliche Weise. Ich wechselte vom Bett aufs Sofa und abends wieder zurück ins Bett. Tagsüber kämpfte ich mit Wut und Enttäuschung und nachts mit meinen Dämonen in dunklen Träumen. In keinem davon kam Amanda vor. Ich vermied es, auf mein Handy zu sehen und die Nachrichten, die Amanda schrieb, zu lesen oder zu beantworten.

Amanda gab ihr Bestes, um die letzten verbleibenden Tage im Büro so professionell wie möglich über die Bühne zu bringen. Sie erstickte alle aufkommenden Emotionen sofort im Keim und bereitete alles für ihren Nachfolger vor. Jeden Tag schrieb sie Paula eine WhatsApp-Nachricht und erkundigte sich nach ihrem Befinden. Die erste Nachricht hatte Paula noch beantwortet. Zwar kurz und knapp, aber immerhin ein Lebenszeichen. Auf die letzten Nachrichten hatte Amanda jedoch keine Antwort mehr erhalten. Es fiel ihr schwer, das zu akzeptieren. Jede unbeantwortete Nachricht versetzte ihr einen Stich ins Herz, aber sie konnte Paula nicht zwingen, ihr zu schreiben. Keine Antwort ist auch eine Antwort. Es blieb ihr nichts anderes übrig, als weiterhin abzuwarten und ihr jeden Tag erneut die Chance zu geben, sich zurückzumelden. Amanda hatte eine Menge zu klären in den nächsten Tagen. Am kommenden Wochenende würde sie mit ihren Eltern sprechen und ihnen von dem bevorstehenden Umzug und dem Job erzählen. Ein mulmiges Gefühl machte sich in ihrem Magen breit. Wie gerne hätte sie jetzt ein paar ermutigende Worte von Paula gehört.

Kapitel 33

Amanda hatte ihre Eltern für Samstagnachmittag zu sich nach Hause eingeladen. Sie reagierten sehr überrascht, schließlich war das in den letzten Jahren kein einziges Mal vorgekommen, aber sie freuten sich auch sehr darüber. Punkt drei Uhr nachmittags saßen ihre Eltern also mit ihr zusammen am kleinen Wohnzimmertisch und ließen sich den Filterkaffee und die kleinen Törtchen vom Bäcker um die Ecke schmecken. Nachdem sie einige Minuten Smalltalk gehalten hatten, war Amanda bereit, das Thema anzusprechen. „Ich habe euch heute zu mir eingeladen, weil ich euch in Ruhe etwas sagen wollte." Noch bevor sie weitersprechen konnte, unterbrach ihre Mutter sie freudig: „Was ist es? Bist du schwanger? Werden wir Großeltern? Wirst du heiraten?" Amanda schüttelte verwirrt den Kopf und antwortete: „Was? Nein, das ist es nicht." Ihr Vater meldete sich ungeduldig zu Wort: „Jetzt lass das Kind doch erst einmal erzählen, um was es eigentlich geht." Er warf ihrer Mutter einen genervten Blick zu. Amanda räusperte sich und fuhr fort: „Also, was ich eigentlich erzählen wollte, ist, dass ich ein super Jobangebot bekommen habe, das ich auch annehmen werde. Ich bleibe in der gleichen Firma, aber wechsle die Abteilung. Ich werde mehr verdienen und habe mehr Verantwortung. Außerdem werde ich für diese Job umziehen müssen." Während sie das sagte, wechselte der Gesichtsausdruck ihrer Eltern von Sekunde zu Sekunde. Ihr Vater fragte: „Und wie weit wirst du von hier wegziehen?" „Es ist etwas weiter weg. Ungefähr sechshundert Kilometer von hier entfernt. Die Firma stellt mir ein Apartment zu Verfügung. Ich muss mich also nicht um alles allein kümmern." Ihre Mutter stellte ihre Kaffeetasse geräuschvoll zurück auf den Tisch und faltete die Hände. „Amanda, ich finde es nicht schön, dass du so weit wegziehst. Wir sehen uns sowieso schon so selten. Dann können wir ja gar nicht mehr an deinem Leben teilhaben. Und was ist mit Bill?" Amanda verstand nicht sofort, worauf ihre Mutter hinauswollte. „Mit Bill? Was soll mit ihm sein?" „Na, ihr seid doch frisch verliebt. Was sagt Bill dazu, dass du so weit wegziehst? Wollt ihr dann eine Fernbeziehung führen?" Amanda unterdrückte ein Schmunzeln. Sie versuchte, ehrlich geknickt zu wirken. „Oh ja, also was Bill angeht … wir haben uns getrennt. Gestern, um genau zu sein. Wir sind beide der Meinung, dass eine Fernbeziehung niemals funktionieren würde. Ihr werdet ihn also leider auch nicht mehr kennenlernen." Ihre Mutter sah sie traurig an und nahm ihre Hand. „Oh nein, wie schade. Du bist bestimmt sehr traurig darüber. Das tut mir so leid, Amanda. Denkst du nicht, dass es eine Chance gibt, dass das mit euch noch klappen könnte?" Amanda senkte den Blick und erwiderte: „Ja. Es macht mich sehr traurig, Bill zu verlieren. Nein, ich denke nicht, dass aus uns in Zukunft wieder etwas wird." Ihre Eltern sahen sehr enttäuscht aus. „Vielleicht überlegst du es dir nochmal und bleibst doch hier. Es läuft doch gerade alles so gut", bat ihr Vater sie. Ihre Mutter nickte zustimmend, doch Amanda ließ sich nicht erweichen. „Nein. Ich habe es mir genau überlegt und ich habe meinem Chef schon zugesagt. Kommende Woche habe ich Urlaub genommen und werde mich um meinen Umzug kümmern, dann bin ich weg." „Was? So bald schon?", rief ihre Mutter überrascht aus. „Ja, ich musste mich schnell entscheiden. Ich möchte mir diese Gelegenheit auf keinen Fall entgehen lassen." Ihre Mutter lehnte sich enttäuscht auf dem Sofa zurück. Ihr Vater hingegen versuchte, Verständnis für Amanda aufzubringen. „Naja, wenn es dein Traumjob ist, dann solltest du die diese Gelegenheit nutzen. Das verstehe ich. Wenn du Hilfe beim Umzug benötigst, dann sag einfach Bescheid. Deine Mutter und ich helfen dir gerne." Ihre Mutter nickte bloß, immer noch schockiert von diesen Neuigkeiten. Sie musste das erst einmal verdauen. „Na klar. Wenn ich Hilfe brauche, dann melde ich mich bei euch. Es wird schon alles gut gehen." Ein paar Minuten später verabschiedete Amanda sich von ihren Eltern. Alles in allem war das doch ganz gut gelaufen, und endlich hatte sie auch das Problem mit Bill aus der Welt geschafft. Morgen würde sie ihre Vermieterin über ihren Auszug informieren und anfangen, all ihre Sachen in Kartons zu verpacken. Leicht würde ihr das nicht fallen, aber irgendwo musste sie ja anfangen.

Kapitel 34

Das Wochenende verbrachte ich damit, zu schlafen und irgendwie zu begreifen, was die letzten Tage passiert war. Meine Gedanken wurden zwar etwas klarer, aber meine Laune blieb weiterhin auf einem absoluten

Tiefpunkt. Netflix, Amazon Prime und Sky konnten meine Stimmung nicht wirklich aufheitern. Mein einziger Kontakt zur Außenwelt in den vergangenen Tagen war der Pizzaservice, dessen Kartons sich in meiner Küche in der Zwischenzeit zu einer beachtlichen Höhe stapelten. Am Sonntagabend versuchte meine Mutter, mich zu erreichen, doch ich ignorierte ihren Anruf. Ich war mir sicher, dass Finn ihr bereits alles erzählt hatte, und wusste genau, was sie sagen würde. Erst würde sie mich bemitleiden und mir dann unter die Nase reiben, dass ich es schon wieder nicht geschafft hatte, eine Person länger als ein paar Wochen zu halten. Dann würde sie mir noch einige „Ratschläge" mit auf den Weg geben. Das wollte ich mir jetzt auf gar keinen Fall anhören. Morgen musste ich mich außerdem wieder im Büro blicken lassen. Meine Krankschreibung ging nur bis Sonntag und eine Sprachnachricht von Bill hatte mir klargemacht, dass meine Abwesenheit das gesamte Team nach und nach ins Chaos stürzte. Ich vermutete zwar, dass ich im jetzigen Zustand keine sehr große Hilfe sein würde, aber ich beschloss, auf jeden Fall im Büro zu erscheinen. Vielleicht würde mir die Ablenkung gut tun. Vielleicht würde ich dann endlich auf andere Gedanken kommen. Zu wissen, dass ich im Büro nicht mehr auf Amanda treffen würde, da sie bereits am vergangenen Freitag ihren letzten Arbeitstag dort gehabt hatte, löste gemischte Gefühle in mir aus. Einerseits beruhigte es mich, nicht mit ihrem Anblick und ihrer Nähe konfrontiert zu werden, andererseits konnte ich mir einen Tag in dieser Bürohölle ohne sie nicht mehr vorstellen. Ihre Nachrichten beantwortete ich nicht. Ich tat das nicht aus Böswilligkeit, sondern wusste einfach nicht, was ich ihr schreiben sollte. Nichts, was ich sagen würde, könnte auch nur im Entferntesten ausdrücken, was die letzten Tage im mir vorging.

Amanda verbrachte die folgende Urlaubswoche damit, ihren Umzug vorzubereiten. Mit ihrer Vermieterin hatte sie bereits alles telefonisch geregelt. Ihr Chef schickte ihr die Adresse ihrer neuen Wohnung und leitete auch gleich ein paar Fotos von dem Apartment weiter. Es gefiel ihr gut. Sie sortierte Dinge aus, die sie nicht mehr brauchte, und verpackte den Rest in Kartons. Dabei wurde ihr selbst bewusst, dass ihre Eltern recht hatten, was den Zustand ihrer Wohnung betraf. Persönliche Dinge, an denen ihr Herz besonders hing, Dekoration oder Lieblingsstücke besaß sie nicht. Sie hatte nicht mal eine Schublade, in der sie geheimen Krempel aufbewahrte. Sie nahm sich fest vor, das in der neuen Wohnung zu ändern. Sie würde sie nicht steril und unpersönlich einrichten wie diese. „Es wird mein eigenes kleines Reich sein. Meine kleine persönliche Insel", überlegte sie. Obwohl sie beschäftigt war und tausend Dinge zu erledigen hatte, wanderten ihre Gedanken zwischendurch immer wieder zu Paula. Sie fragte sich, ob sie inzwischen wieder im Büro aufgetaucht war und wenn ja, wie sie sich durch den Arbeitsalltag schlug. Amanda hoffte, dass die anderen Mitarbeiter sie in Ruhe arbeiten ließen und die Gerüchte sich inzwischen etwas gelegt hatten. Jetzt, nachdem sie nicht mehr im Büro erschien, hatten sie schließlich keine Angriffspunkte mehr. Amanda plante, die Stadt bereits am kommenden Samstagmorgen zu verlassen. Sie hatte sich einen weißen Lieferwagen gemietet, mit dem sie den Umzug bestreiten wollte. So würde sie genug Zeit haben, sich über das Wochenende in ihrem neuen Zuhause schon etwas einzurichten. Sie schrieb Paula eine Nachricht, in der Hoffnung, diesmal eine Antwort zu erhalten. „Paula, ich werde am Samstagmorgen um acht Uhr von hier losfahren. Ich würde dich so gerne am Freitagabend sehen. Lass uns nochmal reden. Ich möchte nicht im Streit auseinandergehen. Bitte melde dich. XO Amanda."

Tapfer erschien ich am Montagmorgen überpünktlich im Büro, setzte mich an meinen Schreibtisch und begann, in die Tasten meines Computers zu hauen. Während ich weg war, hatte sich ein riesiger Haufen an Dokumenten auf meinem Schreibtisch angesammelt. Ich konnte kaum darüber hinwegsehen. Wenn ich saß, verschwand ich fast komplett dahinter. „Gut so", dachte ich. „Dann kann ich mich wenigstens dahinter verstecken und mich ablenken." Ab und zu kam Bill zu meinem Schreibtisch herübergelaufen und legte ein weiteres Blatt auf dem Stapel ab. „Dein Posteingangsfach an der Rezeption war schon so voll, dass wir nicht mehr wussten, wohin damit. Höchste Zeit, dass du wieder da bist." Ich legte seine letzte Bemerkung in die Schublade „Verachtung" ab, da ich mir nicht vorstellen konnte, dass sich irgendjemand im Büro wirklich über meine Anwesenheit freute. Ich beschwerte mich nicht darüber, sondern arbeitete konzentriert einen Auftrag nach dem anderen ab. Einmal stand ich kurz auf, um auf die Toilette zu gehen, und machte dann zehn Minuten Pause, um eine Kleinigkeit zu essen. Die restliche Zeit heftete ich meine Augen auf den Bildschirm meines Computers. Ich verbrachte in dieser Woche jeden Tag so und arbeitete wie eine Maschine, bei der das Wort Emotionen im Betriebssystem nicht einprogrammiert war. Bill warf mir ab und zu einen Blick zu, der verriet, dass er inzwischen an meiner psychischen Zurechnungsfähigkeit zweifelte. Ich ignorierte ihn und alle anderen. Abends taten mir vom vielen Tippen die Finger weh, und ich konnte mich nicht daran erinnern, wann ich das letzte Mal einen so verspannten Nacken gehabt hatte. Trotz der Unmengen an Arbeit, die ich erledigte, dachte ich oft über Amandas letzte Nachricht nach. Diesen Samstag würde sie fahren und sie wollte mich am Freitag noch einmal treffen. Ich konnte mir einfach nicht vorstellen, dass es unser letztes Treffen sein sollte. Es gelang mir nicht, den Gedanken zu akzeptieren, dass es unsere letzte Umarmung oder unser letzter Kuss sein würde. Ich wollte mich diesem Moment nicht aussetzen. Mein Kopf sagte mir, dass Amanda recht hatte. Im Streit auseinander zu gehen, war nie gut. Mein Herz brachte es jedoch nicht über sich, dass ich mich persönlich von ihr verabschiedete.

Kapitel 35

In dieser Woche wählte Celine mehrmals die Nummer von Amandas Bürotelefon. Jedes Mal wurde sie automatisch an eine Sekretärin weitergeleitet. Die ersten Male legte sie schnell wieder auf. Beim letzten Mal fragte sie die nette Dame verwundert: „Entschuldigen Sie bitte, ich wollte eigentlich Amanda Scott sprechen. Ist sie nicht da?" „Das tut mir leid. Nein, Frau Scott arbeitet nicht mehr in dieser Abteilung. Vielleicht kann ich Ihnen weiterhelfen. Worum geht es denn?" „Wie meinen sie das? Sie arbeitet nicht mehr in dieser Abteilung? Wie kann ich sie erreichen?" Celines Stimme wurde immer höher und schriller. Panik stieg in ihr auf. Die Dame am anderen Ende der Leitung blieb weiterhin freundlich. „Ich kann Ihnen leider nicht sagen, wo sie jetzt arbeitet, aber sagen sie mir doch bitte, was sie brauchen. Ich helfe Ihnen gern weiter." „Nein, danke. Ich kann das nur mit ihr klären", erwiderte Celine schnell und legte auf. Sie begann, nervös an ihren langen Fingernägeln zu kauen. Diese Nummer war die einzige Kontaktmöglichkeit zu Amanda, die ihr noch geblieben war. Auf allen anderen Wegen hatte Amanda sie blockiert und ignorierte sie. Was hatte das alles zu bedeuten? Wohin hatte Amanda gewechselt? Wie sollte Celine sie jetzt erreichen? Wie sollte Celine ihr jetzt klarmachen, dass sie sie liebte und dass niemand sonst sie so glücklich machen konnte? Celine blieb nur noch Amandas Adresse. „Dann werde ihr eben wieder einen Besuch abstatten", überlegte Celine. Sie war fest davon überzeugt, dass sich die Gemüter inzwischen wieder beruhigt hatten und Amanda endlich zur Vernunft gekommen war.

Amanda ließ nicht locker. Sie schickte Paula dutzende WhatsApp-Nachrichten und hinterließ fünf Voicemails auf ihrer Mailbox. Am Freitag setzte sie noch einen drauf und rief alle zwanzig Minuten auf Paulas Handy an. Irgendwann würde Paula drangehen müssen. Bill beobachtet Paulas Verhalten. Nachdem ihr Handy fünf Mal geklingelt hatte und sie jedes Mal nur einen kurzen Blick auf das Display geworfen hatte, stellte sie es mit einem Knopfdruck auf stumm. Die Anrufe hörten jedoch nicht auf. Alle paar Minuten leuchtet der Display ihres Handys hell auf. Als Paula Bills neugierige Blicke bemerkte, murmelte sie eine kurze Erklärung: „Diese dämliche Marketingagentur. Die nerven schon seit Tagen rum. Denen kann es einfach nicht schnell genug gehen." „Wieso gehst du nicht einfach ran? Es scheint wichtig zu sein." Paula ignorierte seinen Kommentar, steckte das Handy in ihre Tasche und widmete sich wieder ihrer Arbeit. Um vier Uhr nachmittags, als sie eben erst zuhause angekommen war, konnte Paula dem Telefonterror nicht mehr länger standhalten und nahm den Anruf endlich an. „Amanda, was soll das? Drehst du jetzt komplett durch?" Amanda verdrehte genervt die Augen. „Na endlich. Was soll ich denn sonst machen, wenn du mich die ganze Zeit ignorierst?" Sie hörte, wie Paula laut ausatmete. „Also, was willst du, Amanda? Geht es um das Treffen heute Abend?" Ihre Stimme klang härter als sonst, irgendwie passte sie nicht zu Paula. Doch Amanda war froh, dass sie das Thema selbst ansprach. Sie hatte also zumindest darüber nachgedacht. Amanda versuchte, fröhlich zu klingen, als sie antwortete: „Ja, ganz genau. Es ist mein letzter Tag hier und ich möchte den Abend gerne mit dir verbringen." Paula zögerte: „Ich weiß nicht, ob das so eine gute Idee ist, nach allem, was passiert ist. Ich weiß nicht, ob ich das kann." Amanda schloss für einen Moment die Augen. Mit dieser Antwort hatte sie gerechnet. So leicht gab sie aber nicht auf und redete weiter auf Paula ein: „Bitte, Paula. Bitte. Gib mir die Chance, mich richtig von dir zu verabschieden. Komm schon. Gib dir einen Ruck." Kurz herrschte Stille. Amanda konnte sich Paula in diesem Moment ganz genau vorstellen. Das Handy hielt sie an ihr rechtes Ohr, den Kopf leicht nach links geneigt. Die großen grünen Augen starrten nachdenklich Löcher in die Luft, während sie sich mit den Schneidezähnen immer wieder auf ihre Unterlippe biss. Paula räusperte sich. „Okay, na gut. Du hast gewonnen. Wir treffen uns, aber nur unter einer Bedingung." „Alles was du willst", rief Amanda erleichtert aus. „Wir treffen uns in der Öffentlichkeit. Ich hole dich um sechs Uhr bei dir zuhause ab und wir gehen in die Stadt, um etwas zu essen." Amanda war etwas überrascht von Paulas Wunsch. Sie hatte eigentlich vorgehabt, sie zu sich nach Hause einzuladen, willigte aber ein. „Alles klar, so machen wir es. Danke, Paula. Das bedeutet mir wirklich viel." „Bis später. Punkt sechs Uhr." Damit beendete Paula das Telefonat. Obwohl sie so unterkühlt reagiert hatte, war Amanda glücklich und erleichtert, dass sie zugestimmt hatte.

Nachdem ich aufgelegt hatte, ärgerte ich mich kurz darüber, dass Amanda es geschafft hatte, mich zu einem Treffen zu überreden. Eigentlich hatte ich mich an diesem Freitagabend zuhause einigeln und mich selbst bemitleiden wollen. Jetzt begann ich stattdessen damit, mich auf unser Treffen vorzubereiten. Unser Treffen fand an einem neutralen Ort in der Öffentlichkeit statt, und das war auch gut so. Wären wir unter uns, würde es bloß wieder zu Sex und romantischen Küssen oder zu hitzigen Diskussionen kommen. Das wollte ich vermeiden. Ich versuchte, das Beste aus meinem müden, traurigen Gesicht herauszuholen und kam letztendlich zu dem Schluss, dass so stark abdeckendes Make-Up erst noch erfunden werden musste. Als ich mich umzog, fiel mir ein weißes T-Shirt in die Hände, das Amanda irgendwann in den letzten Wochen bei mir gelassen hatte. Genau dieses Shirt zog ich an, dazu eine schlichte Jeans und Turnschuhe. Bevor ich meine Wohnung verließ, betrachtete ich mich im Spiegel. „Das ist also das Outfit, das ich bei meinem allerletzten Treffen mit

Amanda tragen werde." Hoffentlich konnte ich die Klamotten jemals wieder anziehen, ohne in tiefe Trauer zu verfallen. Also alles außer Amandas Shirt. Wenn sie es zurückwollte, würde ich es ihr natürlich zurückgeben, wenn auch sehr widerwillig. Auf dem Weg zu Amandas Wohnung versuchte ich, nicht daran zu denken, dass ich sie heute das letzte Mal sehen würde. „Es ist ein ganz normales Treffen, nichts weiter", redete ich mir ein. Gerade als ich die Türklingel drücken wollte, schwang die Haustür auf und Amanda rannte mich fast um. Ich erschrak, machte einen Schritt nach hinten und fiel beinah rückwärts die kleine Stufe vor der Haustür herunter. Amandas Hände griffen nach meinen Schultern und hielten mich fest. „Oh Gott, hast du mich erschreckt", stammelte ich überrascht. Sie lächelte mich unsicher an und erwiderte: „Punkt sechs Uhr hast du gesagt, da bin ich." Jetzt, wo ich wieder sicher auf den Füßen stand, umarmte sie mich kurz und flüsterte mir ins Ohr: „Schönes T-Shirt hast du da an. Das kommt mir bekannt vor." Knallrot im Gesicht löste ich mich von ihr. Ich wusste nicht, was ich sagen sollte und blickte zum Boden. „Das Shirt steht dir sowieso viel besser als mir. Du kannst es behalten." Amanda versuchte, die Situation etwas aufzulockern. Ihr Kommentar entlockte mir ein kleines Schmunzeln. „Also, ich habe echt Hunger. Lass uns essen gehen. Pizza vielleicht?", fragte ich, nachdem ich mich wieder gefangen hatte. Amanda rieb sich mit beiden Händen über den Bauch. „Sehr gerne. Das ist eine …" Sie brach mitten im Satz ab und reckte den Hals, um an mir vorbeizusehen. Dann weiteten sich ihre Augen. „Fuck, was zur Hölle soll das jetzt wieder?", zischte sie wütend. Ihr Gesichtsausdruck veränderte sich innerhalb von Sekunden. Bevor ich mich umdrehen konnte, um zu sehen, was hinter meinem Rücken vor sich ging, konnte ich es schon hören. Das schnelle, aggressive, tackernde Geräusch von High Heels, das immer näher kam, und ein wütendes Schnauben. Amanda ergriff blitzschnell meinen Arm, drehte mich um und schob mich hinter sich. Jetzt sah ich es auch. Eine wütende Furie mit langen, zotteligen Haaren, mindesten zehn Zentimeter hohen Absatzschuhen unter den Füßen und locker einer Tonne Make-Up im Gesicht lief mit wutverzerrtem Gesicht auf uns zu. Ich legte eine Hand auf Amandas Schulter und flüsterte ihr ins Ohr: „Ist sie das? Ist das …?" Amanda unterbrach mich: „Celine. Ja, ganz genau", knurrte sie. Aus irgendeinem Grund hatte ich mir Celine immer anders vorgestellt. In meiner Fantasie war sie ein Monster. Ein riesiges, Menschenleben zerstörendes Monster mit langen Krallen. Gut, mit den Krallen lag ich gar nicht mal so falsch, stellte ich fest. Mit jedem Schritt den Celine näher kam, versteifte sich Amanda immer mehr. Sie straffte die Schulter und ihr Atem ging schneller. Fast so, als würde sie sich bereit machen zum Kampf. Bevor Amanda oder ich etwas sagen konnte, schwappte eine Welle von wütenden Vorwürfen über unsere Köpfe hinweg. Noch bevor sie vor uns stand, schrie sie: „Amanda, was fällt dir ein, mich überall zu blockieren? Denkst du, du kannst einfach so mit mir Schluss machen und das war´s? So leicht wirst du mich nicht los! Wieso erfahre ich von irgendeiner wildfremden Tussi, dass du die Abteilung gewechselt hast?" Amandas Hände ballten sich zu Fäusten. Ich stand immer noch hinter ihr und wusste nicht, wie ich reagieren sollte. Als Amanda dann den Mund aufmachte, lief es mir eiskalt den Rücken herunter. Noch nie hatte ich sie so frostig erlebt. „Celine. Du bist komplett geisteskrank. Dass du dich überhaupt traust, dich hier blicken zu lassen, nach allem, was du uns angetan hast!" Amandas Reaktion schien Celine völlig zu überraschen. „Uns? Aha. Du vögelst also immer noch deine Mitarbeiterin?" Sie betrachtet mich von oben bis unten, mit einer Mischung aus Verachtung und Ekel. „Du entscheidest dich für sie, obwohl du mich haben kannst? Du musst blind sein. Sie ist langweilig und gewöhnlich." Amanda ging einen Schritt auf sie zu, doch ich hielt sie an der Schulter zurück. Sie baute sich in voller Größe vor Celine auf, während sie sagte: „Ich habe es dir schon mal gesagt … Lass mich in Ruhe. Verschwinde aus meinem Leben und rede nie wieder so über Paula." Amandas Augen funkelten gefährlich. Ich zog erneut an ihrer Schulter, bis sie zwei Schritte zurücktrat und sich neben mich stellte. Celines Augen fixierten mich immer noch, als sie für einen kurzen Moment einlenkte: „Schon gut, schon gut. Aber du wirst deine Entscheidung noch bereuen, Amanda." Aus Amandas Mund kam ein lautes, verachtendes „Tzzz", bevor sie Celine den Rücken zuwandte und das Gespräch damit beenden wollte. Ich drehte mich ebenfalls um, als Celine plötzlich wieder anfing zu zetern: „Amanda, du bist erbärmlich. Ich hoffe, du wirst niemals glücklich. Niemand wird dich je lieben. Nicht mal deine Eltern. Ich hasse dich! Ich wünschte, du wärst tot." In dem Moment, als Celines Worte meine Ohren erreichten, überrollte mich die ganze Wut, Enttäuschung und Trauer der letzten Wochen wie ein Tsunami. Ihre Worte machten mich rasend. Es war, als hätte jemand einen Schalter in meinem Kopf umgelegt. Ohne nachzudenken drehte ich mich blitzschnell um und schlug ihr mit der rechten Faust frontal ins Gesicht. Ein dumpfer Ton war zu hören, dann der schrille Aufschrei von Celine. Ein stechender Schmerz fuhr mir durch die Hand, bis in mein Handgelenk. Vor Wut schnaubend stand ich vor Celine, die auf dem Gehweg saß und sich die blutende Nase hielt. „Du hast mir die Nase gebrochen, du Schlampe", schrie sie außer sich vor Schmerz, doch ich hatte noch nicht genug. Jetzt war es Amanda, die versuchte, mich zurückzuhalten. „Stopp. Hör auf, Paula." Ich befreite mich aus Amandas Griff, lief zwei Schritte auf Celine zu und bückte mich zu ihr herunter. Entschlossen packte ich sie an ihrem T-Shirt, zog sie auf die Beine und drückte sie mit dem Rücken gegen die Hauswand hinter ihr. Erschrocken und mit verheulten Augen sah sie mich an. „Paula … Es tut mir …", stotterte sie. „Was tut es dir?", blaffte ich sie an. Wieder spürte ich Amandas Hand an meinem Arm. „Paula, bitte. Ich bitte dich. Beruhige dich. Lass es gut sein.", redete Amanda sanft auf mich ein. Ich atmete einmal tief durch, wandte den Blick aber nicht von Celine ab. „Sag noch einmal so etwas zu Amanda und ich zeige dir, was richtige Schmerzen sind. Du verpisst dich aus unserem Leben, sonst schwöre ich dir, dass du dir wünschen wirst, mich nie kennengelernt zu haben." Mit diesen Worten ließ ich sie los. Celine starrte mich eine Sekunde panisch an, drehte sich dann um und rannte so schnell ihre High Heels sie tragen konnten davon. Erst jetzt begriff ich, was gerade geschehen war. Schockiert darüber, dass Celine mich so weit getrieben hatte, stand ich da und betrachtet meine schmerzende Hand. „Was zum … Ich habe gerade …", flüsterte ich verwirrt. „Oh ja, das hast du. Voll auf die Zwölf. Der Schlag hat sowas von gesessen." Amanda zog ungläubig eine Augenbraue hoch. „Sah fast so aus, als hättest du das schon öfters gemacht. Sehr treffsicher." Ich verzog vor Schmerz das Gesicht. „Nein, das war mein erstes Mal. Und ich würde es auch nur ungern wiederholen. Ich glaube fast, es tat mir mehr weh als ihr. In Filmen sieht das immer so leicht aus." Amanda schmunzelte. „Dafür waren deine Worte filmreif. Du überraschst mich immer wieder, Paula." Etwas beschämt über meinen plötzlichen Wutausbruch murmelte ich: „Sie hat dich beleidigt. Ihre Worte haben mich zur Weißglut gebracht. Ich habe nur noch rot gesehen und dann ging alles so schnell." Amanda musste lachen. „Hey ... vor mir musst du diese Aktion nicht rechtfertigen. In meinen Träumen habe ich Celine schon hunderte Male verprügelt." Sie blickte erst auf mein T-Shirt und dann auf meine rechte Hand, die leicht gerötet war. „Das nächste Mal solltest du dir dazu aber kein weißes Shirt anziehen", bemerkte sie und zeigte mit dem Zeigefinger auf einen kleinen Blutfleck an meiner Brust. „Wir sollten deine Hand kühlen. Ich habe etwas zum Kühlen da. Komm mit hoch." Zögerlich erwiderte ich: „Das geht schon, wirklich. Das ist nicht nötig." Amanda rollte die Augen. „Jetzt spiel hier nicht die Heldin und komm mit." Zögerlich folgte ich ihr in ihre so gut wie leere Wohnung. Hier und da stand vereinzelt ein Karton herum, das war's. Sie öffnete das Gefrierfach des Kühlschranks, der ebenfalls leer war, und zog einen Kühlakku heraus. Den wickelte sie in ein kleines Handtuch, das sie aus einem der Kartons kramte, und meinte: „So, das müsste gehen. Gib mir deine Hand." Ich streckte ihr meinen geröteten Handrücken hin. Sanft drückte sie den Kühlakku darauf. „Aua", entfuhr es mir. „Entschuldige. War das zu fest?" Sie verringerte den Druck etwas und fragte nach: „Ist es so besser?" „Ja, danke. Das tut gut." So standen wir ein paar Minuten da und sahen uns an. „Es gab noch nie eine Frau, die sich für mich geprügelt hat. Das war eine Premiere." Sie lächelte mich liebevoll an und strich mir über die Wange. Ich zuckte mit den Schultern. „Naja, einmal ist immer das erste Mal, oder?" Jetzt wurde Amanda ernst. „Paula, ich wollte noch etwas sagen, wegen unseres Streits neulich. Was ich da gesagt habe ..." Ich fiel ihr ins Wort: „Amanda ... nicht. Du musst dazu nichts sagen. Es ist in Ordnung. Ich werde schon irgendwie klarkommen." Ich versuchte ein verkrampftes Lächeln aufzusetzen, doch es gelang mir nicht. Meine Augen füllten sich mit Tränen. Jetzt, wo der Schock über die Begegnung mit Celine nachließ, kehrte meine Trauer zurück. Amanda nahm mich in den Arm und drückte mich fest an sich. Als sie mich losließ, waren meine Wangen tränenüberströmt. Auch Amandas Wangen waren tränennass. Sie nahm mein Gesicht in beide Hände und küsste mich. Ich versuchte, mir diesen Moment genau einzuprägen. Ihren Geruch, wie sich ihre Lippen anfühlten, ihre Hände. Der Moment war wunderschön und schrecklich zugleich. Ich wischte mir die Tränen aus dem Gesicht und flüsterte: „Ich sollte jetzt gehen. Es ist besser so." Bevor ich mich umdrehte und Amanda und die letzten Wochen hinter mir zurückließ, fingen ihre karamellfarbenen Augen ein letztes Mal meinen Blick ein und sie meinte leise: „Wir waren echt. Das alles war echt, vergiss das nicht."

Kapitel 36

Amanda stellte den letzten Umzugskarton in den weißen Lieferwagen und betrachtete ihr Werk. Der Wagen war bis zur Decke vollgestopft mit ihren Sachen. Tetris war ein Scheiß dagegen. Es war noch früh am Morgen. Außer ein paar Vögeln und vereinzelten Autos war nichts zu hören. Die Stadt schlief noch. „Das wars dann also. Los geht's, auf in mein neues Leben", versuchte sie sich selbst Mut zu machen. Bevor sie es sich anders überlegen konnte, stieg sie ein, startete den Motor und fuhr los. Die Stadt wurde im Rückspiegel immer kleiner.

Nach Amandas Umzug war für mich nichts mehr so wie zuvor. Diese wenigen Wochen hatten mich und mein Leben für immer verändert. Amanda hatte mir den Mut gegeben, mein gewohntes Leben über den Haufen zu werfen und mich selbst zu finden. Mit ihr hatte alles einen Sinn ergeben. Ohne sie erschien es mir in den nächsten Monaten fast unmöglich, weiterzuleben. Nichts machte mehr Sinn ohne sie. Es war, als hätte sie all meinen Mut der letzten Wochen einfach mitgenommen, zusammen mit meinem Herz, meinen Gefühlen und meinen Gedanken. Es gab Momente, da fühlte ich nichts außer Leere. Mein Kopf war ebenfalls leer, ohne auch nur einen einzigen klaren Gedanken. Ich hatte schon einige Male in meinem Leben Liebeskummer gehabt, aber dieses Gefühl war ein völlig anderes. Es war viel schlimmer. Es fühlte sich an, als hätte man mir jegliche Existenzgrundlage genommen. Es zog mir den Boden unter den Füßen weg. Tagsüber stolperte ich ungeschickt durch den Büroalltag. Nachts lag ich stundenlang wach, umarmte mein Kopfkissen und versuchte, das große schwarze Loch zu stopfen, das sich in mir ausbreitete. Ab und zu wachte ich aus meinem unruhigen Schlaf auf, nur um dann verzweifelt darüber nachzudenken, was ich hätte anders machen können. Meine Gedanken drehten sich im Kreis, eine Lösung fand ich nie. Ich vermisste Amanda in jeder einzelnen Sekunde. Sie fehlte mir jeden Tag und bei allem, was ich tat. Im Büro war dieses Gefühl am stärksten. Ich vermied es, den Aufzug oder die Lagerräume zu betreten. Dort wurde meine Sehnsucht so stark, dass ich mir einbildete, ihr Parfum zu riechen. Niemals zuvor hatte ich mich so sehr nach jemandem gesehnt. Mit jedem Tag, der verstrich, wurde es schlimmer. Für meine Kollegen war ich in dieser Zeit unsichtbar. Ich schlich leise durchs Büro und fing hier und da einen mitleidigen Blick auf. Die schlaflosen Nächte hinterließen ihre Spuren auf meinem Gesicht. Ich war noch blasser als sonst und meine Wangen wirkten eingefallen. Das einzig farbige in meinem Gesicht waren die dunklen Augenringe. Ab und zu erschrak ich vor mir selbst, wenn ich einen Blick in den Spiegel riskierte. Das traurige Gesicht, das mich anstarrte, hatte ich selbst noch nie zuvor gesehen. Es war so befremdlich, dass ich alle Spiegel in meiner Wohnung mit Bettlaken abdeckte. Die Paula, die ich jetzt war, wollte ich nicht sehen. Niemand wollte diese Paula sehen. Finn vermied es seit Wochen, einen Videoanruf zu starten, weil er meinen Anblick nicht ertragen konnte. „Es bricht mir das Herz, dich so zu sehen. Ich vermisse die alte Paula", hatte er bei unserem letzten Gespräch gesagt, das schon einige Wochen her war. Seine Stimme hatte dabei sehr traurig geklungen. Mit meinen Eltern redete ich in dieser Zeit kaum. Ich hatte keine Lust, mich zu erklären oder mich auf Diskussionen einzulassen. Neben dem Gefühl der Trauer und der Einsamkeit überkam mich manchmal auch Wut. Wut darüber, dass Amanda mich hier zurückgelassen hatte. Wut darüber, dass ich seit Wochen nicht stark genug war, um mich wieder aufzurappeln. Genau diese Wut brachte mich einige Monate später dazu, mein Leben wieder in die Hand zu nehmen. Es dauerte seine Zeit, bis mein Optimismus und das Vertrauen in mich selbst wieder vollständig zurückkehrten.

Die kommenden Wochen und Monate waren auch für Amanda alles andere als leicht. Obwohl das Apartment schön und gut ausgestattet war, fiel es ihr schwer, sich dort zuhause zu fühlen. Die neue Stelle und die damit verbundenen neuen Aufgaben gefielen ihr. Das Team schien ebenfalls passabel zu sein, aber trotzdem fiel es ihr schwer, ganz dort anzukommen. Um die Gedanken an Paula zu vertreiben, stürzte sie sich in die Arbeit und in ihre Projekte, aber egal wie viel sie zu tun hatte, es blieb einfach immer genug Platz für die Leere in ihrem Herzen. Sie versuchte, den Kontakt zu Paula zu halten, indem sie täglich anrief oder ihr Nachrichten schrieb, allerdings merkte sie bald, dass Paula das nicht wollte. Sie begann, sich von ihr zu distanzieren. Paula ging es schlecht. Die Paula, die sie einmal

kennengelernt hatte, schien sich nun hinter einer hohen Mauer zu verstecken. Sie blockte sie ab. Amanda wusste, was der Abschied in Paula ausgelöst hatte. Sie hatte sie allein zurückgelassen mit all ihren Gefühlen, Gedanken und den zerstörerischen Gerüchten. Ob Paula ihr wohl jemals vollkommen verzeihen würde? Sie wusste es nicht, aber sie hoffte es sehr. Paulas Name war noch immer der einzige, den ihr Herz in stillen, einsamen Momenten flüsterte. Manchmal schlich sich Paula wieder in Amandas Träume. Dann träumte sie von der wunderbaren Zeit, die sie zusammen erlebt hatten. Doch irgendwann musste man aufwachen, auch aus dem schönsten Traum. In manchen Momenten hatte sie schreckliche Angst, irgendetwas davon zu vergessen. Sie schloss dann die Augen und stellte sich Paula vor. Der warme, liebevolle Blick aus ihren grünen Augen, der ihr Herz springen ließ. Das melodische Lachen oder das heimliche Schmunzeln. Ihre Hände, die sie so liebevoll berührt hatten. Das alles war echt gewesen. Paula und sie waren echt gewesen. Das war einer der wenigen Gedanken, an denen Amanda immerzu festhielt.

Kapitel 37

Nachdem ich wochenlang nur vor mich hinvegetiert hatte, beschloss ich, dass es nun endgültig reichte. So wollte ich keinen einzigen Samstagnachmittag mehr verschwenden. „Ich muss etwas tun. Ich muss etwas ändern. Ich kann so nicht weitermachen", sagte ich zu mir. Ab und zu hatte sich Amanda bei mir gemeldet, doch irgendwann empfand ich diese Gespräche als zu belastend. Wie sollte ich jemals wieder glücklich werden, wenn sie immer wieder meine alten Wunden aufriss? Ich distanzierte mich von ihr. Ich begann, die Bettlaken von den Spiegeln zu nehmen und mich darin zu betrachten. Wieso kam mir die Person im Spiegel so fremd vor? Ich fuhr mit den Händen durch meinen blonden, strähnigen Bob und rieb über meine müden Augen. „Ich hasse diese Frisur. Sie passt nicht mehr zu mir. Sie hat vermutlich noch nie zu mir gepasst", murmelte ich. „Ich brauche endlich eine Veränderung. Einen anderen Schnitt. Vielleicht auch eine andere Farbe." Noch an diesem Tag machte ich einen Termin bei meinem Friseur aus. Seltsamerweise machte schon diese kleine Entscheidung alles sofort ein wenig erträglicher. In der kommenden Woche würde zumindest äußerlich eine positive Veränderung stattfinden. Irgendwo musste ich ja anfangen. Dann überlegte ich mir meinen nächsten Schritt. Amanda hatte mir die Augen für eine andere Welt geöffnet, erkunden musste ich sie nun selbst. Aus diesem Grund meldete ich mich auf verschiedenen Flirt-Apps an. Ich war wirklich überrascht, wie viele es davon gab. In mein Profil schrieb ich, dass ich auf der Suche nach einer anderen Frau war. Wie genau es dann weitergehen sollte, wenn sich jemand melden würde, darüber dachte ich erst einmal nicht nach. Ich begann, mich in der Datingwelt der Homosexuellen zurecht zu finden. Je mehr ich in diese Welt eintauchte, desto sicherer wurde ich. Das Gefühl, nicht allein zu sein, war beruhigend. Immer wieder überraschte mich die Offenheit, mit der hier kommuniziert wurde. In diesem Moment war das Balsam für meine Seele. Hier und da kam ein Kontakt zustande, gefolgt von einem kurzen Gespräch. Die meisten Konversationen brach ich anfangs jedoch direkt wieder ab. Die alte, mir schon bekannte Angst hielt mich zurück. Ich hatte Angst, zu wenig Erfahrung zu haben, was Beziehungen und Sex mit Frauen anging. Ich fühlte mich anfangs etwas hilflos oder gar überfordert. Langsam und vorsichtig wagte ich mich immer einen Schritt weiter voran. Irgendwann gelang es mir, meine Angst zu überwinden und über meinen eigenen Schatten zu springen. Ich ließ mich auf längere Gespräche und Telefonate mit anderen, gleichgesinnten Frauen ein. Bei jeder Frau, die ich nach einigen Telefonaten traf, war ich von Beginn an sehr offen und ehrlich, was meine Ängste anging. Die Reaktionen auf meine entwaffnende

Ehrlichkeit waren immer positiv. Keine der Frauen schreckte es ab, dass ich bis jetzt nur eine andere Frau geliebt hatte. Das machte mich von Date zu Date mutiger und selbstsicherer. Jede einzelne Verabredung, auch wenn sie am Ende zu nichts führte, zeigte mir, dass ich auf dem richtigen Weg war. Ich lief in die richtige Richtung. Endlich kam ich mir nicht mehr vor wie ein verwirrter Geisterfahrer auf der Autobahn, und obwohl mich ab und zu noch ein tiefer Schmerz überkam, wenn ich an die Zeit mit Amanda dachte, lief ich tapfer weiter. Immer weiter. Am Tag meines Friseurtermins war ich aufgeregt und nervös. Ich hatte mich bereits die ganze Woche darauf gefreut und konnte es kaum abwarten, endlich auf dem Stuhl im Salon Platz zu nehmen. Mein Friseur David, der mich schon seit einigen Jahren kannte, fragte: ‚Wie immer? Nur die Spitzen schneiden?‘ Er wartet meine Antwort nicht ab, sondern drehte sich direkt um, um sich seine Scheren zurechtzulegen. Ich holte tief Luft und erwiderte: „Nein. Heute möchte ich etwas ganz anderes. Ich brauche was Neues.“ Jetzt sah er mich verwundert und überrascht durch den Spiegel an. „Oh, okay. Und was hast du dir vorgestellt?“ Seltsamerweise musste ich keine einzige Sekunde über die Antwort nachdenken: „Ich möchte, dass du mir die Haare abschneidest. Ich denke da an einen Pixie Cut. Das würde mir gut stehen. Die Seiten und der Nacken sollen kurz sein, oben bitte etwas länger. Kannst du dir das vorstellen?“ Nun begann er sich zu freuen wie ein kleines Kind zu Weihnachten. Er griff mir in die Haare und begann, aufgeregt darin herumzuwühlen. „Das finde ich super! Ich denke, es würde hervorragend zu deinem Gesicht und deiner Kopfform passen. Es ist aber eine große Veränderung. Bist du dir da wirklich sicher?“ Seine Augen leuchteten bei dieser Frage. Ich musste lachen, das erste Mal seit Wochen. Es fühlte sich so gut an, irgendwie befreiend. „Sicher bin ich mir überhaupt nicht, aber ich möchte es trotzdem.“ Er grinste mich frech an. „Okay, dann machen wir das. Soll es auch eine andere Farbe sein?“ In diesem Moment hatte ich eine Idee. „Ja, ich möchte auch eine andere Farbe. Du darfst sie aussuchen. Egal welche. Alles außer blond ist erlaubt. Oh, und tu mir den Gefallen und decke den Spiegel ab, bis du mit meinem Kopf fertig bist.“ Jetzt gab es kein Halten mehr für David. Er flitzte los und kam mit zwei großen Handtüchern zurück, die er über die Spiegel warf. Dann verschwand er für fünf Minuten hinter einer Tür. Ich hörte Becher klappern und wie er etwas anrührte. „Perfekt, das wird super!", verkündete er fröhlich, als er wieder zu meinem Platz zurückkam. „Paula, bist du bereit?" Obwohl sich meine Finger nervös in die Polster des Friseurstuhls krallten, erwiderte ich laut und selbstbewusst: „Ich bin bereit. Leg los." Erst setzte er viermal die Schere an und schnitt große Büschel meiner blonden Mähne ab. Dann hörte ich den Rasierapparat im Nacken brummen und sah, wie noch mehr blondes Haar zu Boden fiel. „Liebes, jetzt gibt es kein Zurück mehr", bemerkte er. Ich versuchte, nicht zu genau hinzusehen. Stattdessen schloss ich die Augen und ließ es geschehen. Als der Schnitt fertig war, pinselte er kühle Farbe über meinen gesamten Kopf. Die Spannung in mir stieg immer weiter an. Wie wohl das Endergebnis sein würde? Mein Kopf fühlte sich schon jetzt so viel leichter an. Es war ein wunderbares Gefühl. Nach vier langen Stunden schneiden, pinseln, waschen und föhnen, klatschte David schließlich in die Hände und meinte: „Fertig. Paula, halte dich fest. Du siehst umwerfend aus. Augen zu." Ich kniff die Augen fest zusammen und hörte, wie er die Handtücher von den Spiegeln riss. „Jetzt mach sie wieder auf." Ganz vorsichtig öffnete ich erst das eine Auge, dann das andere und blinzelt in den Spiegel. „Wow." Das war alles, was aus meinem Mund kam. Ich tastete ungläubig mein Gesicht ab und griff in die kurzen wuscheligen Haare. „Gefällt es dir?", fragte David vorsichtig. „Natürlich musst du dich erst daran gewöhnen." „Ich liebe es! Ich hätte nie gedacht, dass es so schön werden würde", rief ich, während ich immer noch ungläubig mein Spiegelbild anstarrte. David hatte ganze Arbeit geleistet. Die Seiten und der Nacken waren kurz rasiert. Das Haupthaar etwas länger und wild verwuschelt. Er hatte einen hellen Kupferton gewählt, der meine grünen Augen und meine Sommersprossen noch mehr betonte. Mein Gesicht sah schmal und elegant aus. Obwohl ich mich das erste Mal so sah, fühlte es sich vertrauter an als jede andere Frisur zuvor. Ich konnte nicht anders als David fest zu umarmen. „Danke. Das ist so wunderbar. Vielen Dank." David schien von meiner Reaktion etwas gerührt zu sein. Er errötete, als er antwortete: „Sehr gerne. Es freut mich, dass es dir gefällt. Es sieht wirklich wunderschön aus." Von diesem Tag an sah ich mich selbst wieder gerne im Spiegel an. Es war genau die Veränderung, die ich gebraucht hatte, und weitere Veränderungen würden noch folgen. Mein Herz wurde von Tag zu

Tag mutiger. Natürlich bemerkten das auch meine Arbeitskollegen im Büro. Die ersten Tage passierte es immer wieder, dass sie mich nicht gleich erkannten, erst auf den zweiten Blick. Manche konnten den Blick nicht von mir abwenden und starrten mich so lange an, bis ich den Raum wieder verließ. Ich bekam massenhaft Komplimente für mein neues Auftreten. Und auch wenn sie von den Menschen kamen, die mir die letzten Monate zur Hölle gemacht hatten, gab mir das ein gutes Gefühl. Mein Bruder Finn fiel fast vom Stuhl, als ich ihm mein neues Ich bei einem Videoanruf präsentierte. „Wow! Es macht einen ganz anderen Menschen aus dir! Dreh dich mal." Ich meinte lachend: „Das ist doch hier keine Modenschau!" „Das steht dir gut. Ich finde diese Veränderung super!" Einzig und allein meine Mutter hatte ein wenig mit dem Verlust meiner Haare zu kämpfen. Ich beschloss, ihre Kommentare nicht an mich heranzulassen. Sie würde sich mit der Zeit bestimmt daran gewöhnen. Nach der Veränderung meines Äußeren befasste ich mich mit meinem Alltag. Wenn ich genauer darüber nachdachte, bedeutete mir mein Job im Grunde nichts. Er gab mir weder eine besondere Befriedigung, noch identifizierte ich mich mit meiner täglichen Arbeit und auch auf meine Arbeitskollegen konnte ich verzichten. Der einzige Vorteil war, dass ich ein sicheres, gutes Einkommen hatte, und das war es auch schon. Was mir jedoch wirklich Spaß machte, war schon immer der Sport gewesen. Ich setzte mir in den Kopf meine Leidenschaft zu meinem Beruf zu machen.

Kapitel 38

In den folgenden Monaten kämpfte Amanda immer weiter darum, in der neuen Heimat anzukommen. Der Kampf lohnte sich. Sie fand ein paar wirklich gute Freunde und lebte sich ein. Der Abstand zu ihren Eltern tat ihr gut. Sie fühlte sich frei und unabhängig. In ruhigen Momenten kamen ihr immer wieder Paulas Worte in den Sinn. Es wurde Zeit, klare Verhältnisse zu schaffen. Sie war endlich bereit, die Maske, die sie ihr ganzes Leben lang getragen hatte, abzulegen. Nie wieder wollte sie ein

Doppelleben führen müssen. Sie wollte diese Belastung endlich ganz abwerfen. Nach einigen Wochen merkte sie, dass sie sehr gut allein zurechtkam. Immer öfter dachte sie darüber nach, ihren Eltern endlich die ganze Wahrheit zu sagen. Dieser Wunsch wurde immer stärker, und irgendwann beschloss sie, es tatsächlich durchzuziehen. Sie führte das Telefonat, vor dem sie sich jahrelang gefürchtet hatte. Ihre Eltern reagierten verhalten, natürlich waren sie nicht begeistert und auch etwas enttäuscht. Amanda hatte nichts anderes erwartet. Eigentlich hatte sie mit einer viel, viel schlimmeren Reaktion gerechnet. Sie akzeptierten die Tatsache, dass Amanda Frauen liebte, nicht sofort. Natürlich waren sie sauer darüber, dass Amanda ihnen jahrelang etwas vorgemacht hatte. Sie würde ihnen die Zeit geben, die sie brauchten, um darüber hinwegzukommen. Die Geschichte mit Paula erzählte sie ihnen nicht. Das würde wohl für immer ihr Geheimnis bleiben. Nach dem kurzen Gespräch mit ihren Eltern fiel Amanda eine tonnenschwere Last vom Herzen. Endlich war sie ganz frei. Endlich konnte sie ihr Leben so gestalten, wie sie es wollte. Sie wusste, dass sie all das Paula zu verdanken hatte.

Während Amanda nach so vielen Jahren endlich begann, ihr eigenes Leben zu führen, absolvierte ich in den folgenden Monaten, neben meinem normalen Job an den Wochenenden eine Ausbildung zum Fitnesstrainer. Mir gefiel die Ausbildung sehr und ich war so beschäftigt, dass ich keine Zeit hatte, über etwas anderes nachzudenken. Sobald ich mein Zertifikat in den Händen hielt, bewarb ich mich in einem Sport- und Gesundheitsstudio und kündigte meinen langweiligen Job. Natürlich verdiente ich dort deutlich weniger, aber das war mir egal. Es war mir wichtiger, meiner Leidenschaft nachzugehen. Ich ließ meine Kollegen, ihre bissigen Kommentare und mein altes Leben hinter mir. In meinem letzten Gespräch, das ich mit Bill führte, schlug ich ihm alles um die Ohren, was ich die letzten Monate so mühsam hatte zurückhalten müssen. An meinem letzten Tag im Büro stand ich vor seinem Schreibtisch und sagte zu ihm: „Bill, ich dachte lange Zeit, dass wir wirklich gute Kollegen sind, aber ich denke, ich habe mich getäuscht. Dein Verhalten mir gegenüber war das allerletzte. Deine Witze sind nicht lustig, sie sind einfach nur dämlich. Ach ja … Übrigens, ich bin homosexuell. Ja, ich bin eine Lesbe, aber besser eine Lesbe als ein beschissener Vollidiot. Und *du* solltest ganz, ganz dringend etwas gegen deine Homophobie unternehmen." Mit diesen Worten verließ ich das graue, triste Bürogebäude und kehrte nie wieder dorthin zurück. Es war die richtige Entscheidung. Niemals zuvor hat mich meine Arbeit so sehr mit Stolz und Freude erfüllt. Jeder Tag war anders. Jeden Tag lernte ich andere Menschen kennen. Durch meine Arbeit lernte ich auch mich selbst immer besser kennen und lieben. Ohne die Begegnung mit Amanda hätte ich diese Entscheidung wohl nie getroffen.

Kapitel 39

Heute lebe ich glücklicher als je zuvor mit einer Frau zusammen. Alles ist so viel leichter und natürlicher für mich mit ihr an meiner Seite, als es jemals mit einem Mann hätte sein können. Ich entscheide mich jeden Tag neu für die Liebe, die Freiheit und das, was mich glücklich macht. Natürlich war es ein unbequemer und umständlicher Weg, den ich einschlagen musste, aber auch auf Umwegen kommt man letztendlich ans Ziel.

Wie schon im Vorwort erwähnt, geht es in dieser Geschichte nicht nur um Liebe. Natürlich ist Liebe ein großer Bestandteil von all dem, was ich hier schildere, aber es geht um so viel mehr als das. Es geht im weitesten Sinne um die Freiheit. Die Freiheit, das eigene Leben so zu gestalten, dass es auch wirklich das eigene Leben ist, das man da lebt, und nicht das Leben der Anderen. Es geht darum, sich die Freiheit zu nehmen die eigene Meinung zu wechseln, wenn nötig auch mehrmals. Es kostet unglaublich viel Mut und Kraft, diesen Weg stets fortzuführen. Am Ende lohnt es sich jedoch immer. Es ist erstaunlich, wie viel leichter es ist, seine Ziele zu erreichen, wenn man mit dem ganzen Herzen dahintersteht. Der Mut, der mich begleitet, seit ich mich „freigeliebt" habe, lässt die Selbstzweifel in meinem Kopf verstummen. Seitdem ist es mir egal, was andere Menschen von mir denken. Es interessiert mich einfach nicht mehr, ob ich der Norm entspreche oder nicht. Genauso wenig interessiert es mich, ob Menschen an meinem Verstand zweifeln, weil ich Entscheidungen mit meinem Herzen treffe, statt ewig darüber nachzugrübeln und mir den Kopf zu zerbrechen. Es kann immer passieren, dass man eine falsche Entscheidung trifft, die man im Nachhinein bereut, aber selbst dann ist es das Wichtigste, wieder Anlauf zu nehmen und mit vollem Herzen weiterzulaufen.

Ich habe Amanda nie wieder gesehen. Bis heute ist sie Teil meiner Träume. In meinen Träumen kann ich ihr Parfüm riechen und sehe ihr Gesicht ganz klar vor mir. Aus diesen Träumen aufzuwachen ist jedoch nicht mehr so schlimm wie damals, weil ich inzwischen weiß, dass ich jederzeit genau dorthin zurückkehren kann.

Liebe Amanda,

falls dir unsere Geschichte einmal zufällig in die Hände fällt, hoffe ich, du bist nicht böse, weil ich sie mit der Öffentlichkeit geteilt habe.

Ich hoffe, du bist glücklich geworden und hast die liebsten Menschen um dich herum, die dich so akzeptieren, wie du bist. Auch wenn wir uns voneinander entfernt und uns in verschiedene Richtungen bewegt haben, bin ich sicher, du weißt, was mir unsere Geschichte bedeutet. Niemand hat je so großen Einfluss auf mein wunderbares Leben gehabt und es so sehr bereichert, wie du das getan hast. Durch dich habe ich gelernt, ich selbst zu sein und mich zu lieben. Du hast mir geholfen, die Freiheit zu finden, die ich mein ganzes Leben lang gesucht habe. Ich weiß jetzt, was Liebe ist und was es bedeutet, zu lieben. Zu lieben bedeutet so viel mehr, als nur glücklich zu sein und Schmetterlinge im Bauch zu haben. Zu lieben bedeutet: zu vermissen, zu lachen, zu weinen, zu verzweifeln, Trauer zu ertragen, entschlossen zu sein und sich leicht zu fühlen. Manchmal muss man sich ganz bewusst für die Liebe und die Freiheit entscheiden. Genau das habe ich getan, als ich dich kennengelernt habe, und ich würde es immer wieder tun. Seit unserer Begegnung, weiß ich außerdem, dass ich alles schaffen kann, wenn ich es nur will. Ich hoffe, du findest eines Tages eine Frau, die dein wundervolles Herz noch voller macht. Du bist die mutigste Frau, die ich je kennengelernt habe. Bleib immer mutig! Ich werde es auch sein.

Deine Paula